光の粒《つぶ》が舞《ま》いあがる

蒼沼洋人

PHP

プロローグ

Prologue

アスファルトが白く焼けていた。

わたしの頭のなかみたいに。

中学に入って三ヶ月、夏真《ま》っ盛《さか》りの暑い日だった。

毎日しんどいことばかりで、いいことなんてひとつもなくて、家にも、学校にも、自分自身にもうんざりしていたわたしは、すでにへとへとだった。

そんなとき、ガラスの向こうのあの子に気づいた。

駅から歩いて数分の、春先にできたばかりのボクシングジム。ガラス張《ば》りの壁《かべ》の向こうで、わたしと同じくらいの歳《とし》の子がひとり、サンドバッグを叩《たた》いていた。

黒髪《くろかみ》のショートヘアに、真っ白い肌《はだ》。

丸い輪郭《りんかく》の幼《おさな》い顔立ちのわりに、まなざしだけはやけに大人びている。

腰《こし》を落として腕《うで》を振《ふ》る。サンドバッグが縦《たて》に揺《ゆ》れる。

迷《まよ》いのない目でまっすぐに、一心不乱《いっしんふらん》にこぶしを重ねる。

踊《おど》るように、舞《ま》うように。

格闘技《かくとうぎ》というより、スピード感あふれる力強いダンスみたいだ。

気がつくと、夢中《むちゅう》で見ていた。

歩道橋の階段《かいだん》の途中《とちゅう》で立ちどまったまま、めまいがするような照りかえしのなかで、わたしはしばらく動けなかった。

目次

Chapter 1

透明《とうめい》な壁《かべ》の向こうがわ

もしかして、とあやしんでいたら、やっぱりそうだった。食事会のお誘《さそ》い。

「来週の木曜なんだけど」

お母さんが切りだした瞬間《しゅんかん》、続く言葉はすぐにわかった。耳をふさぐかわりに、わたしはぎゅっと身体を縮《ちぢ》めた。

「夜ごはん、外で食べない？　イタリアンのお店。お肉とパスタがすっごくおいしいんだって」

「へえ、すごい」

夕ごはんのあと、シンクに置いたお皿に水を張《は》りながら、平べったい声で返した。十一月の夜の水は冷たい。しぶきが跳《は》ねて、肌《はだ》にかかると痛《いた》いくらいだ。蛇口《じゃぐち》を閉《し》め、わたしは静かに息を吸《す》いこんだ。

「それって、野村《のむら》さんも来るの？」

答えはわかってたけど、あえてきいた。

「来るよ、もちろん」

お母さんは明るく笑った。おなかがすうっと、差しこむように痛《いた》くなる。わたしの気持ちには、今日も一ミリも気づかない。

「どう？　行ける？　ぜんっぜん予約取れないお店なのに、知りあいのオーナーが特別に個室《こしつ》取ってくれるらしいよ」

「ふうん」

まったく行く気がしなかった。でも、すぐに断《ことわ》るとお母さんの機嫌《きげん》が悪くなる。だから、なるべく時間をかけて、わたしは考えているふりをした。

お母さんは今日、めずらしく帰りが早かった。夕ごはんのときもずーっと機嫌《きげん》がよくて、デザートのいちごまで洗《あら》ってくれた。いやな予感がしたのはそのあたりだ。食事会の話がでるのは、いつもそんな日だったから。

「……わたしはいいかな」

たっぷり時間を置いてからいった。

「定期テスト近いし、お母さんたちだけで行ったら？」

「えー」

たちまち、お母さんの顔がゆがむ。

「前もいったけど、野村《のむら》さん、わたしより心愛《ここあ》と話したいんだよ。わかるでしょ？」

わかるって、なにが？

喉元《のどもと》まで出かかった言葉をぐっとのみこんだ。きいたら最後、たぶん、もっと聞きたくない話まで聞くことになる。

「べつに、いやなわけじゃないの」

仕方なく、ぼそぼそいった。

「だから、今度また、時間あるときにでも」

一瞬《いっしゅん》、キッチンが静かになった。怒《おこ》らせたかな、と不安になった瞬間《しゅんかん》、ふう、とお母さんがため息をついた。

「まあ、いいけどさ」

わたしのうしろを通って、冷蔵庫《れいぞうこ》から鹿児島の海洋深層《しんそう》水を取りだした。入浴前のルーティーン、保湿《ほしつ》のためのコップ一杯《いっぱい》だ。

「それじゃ、お風呂《ふろ》いってきまーす」

つまらなさそうにつぶやいて、お母さんはわたしに背《せ》を向けた。ああ、なんとか乗りきった。ほっとして、力を抜《ぬ》きかけたとき、

「あ、そうだ」

お母さんが立ちどまった。

「心愛《ここあ》。あれ抜《ぬ》いてもらったら？　歯」

「え？」

「野村《のむら》さん、得意《とくい》らしいよ。歯抜《ぬ》くの」

一瞬《いっしゅん》、息が止まった。

わたしの歯を、野村《のむら》さんが抜《ぬ》く？　腕《うで》にざあっと鳥肌《とりはだ》が立つ。

「大丈夫《だいじょうぶ》」

わたしは小さな声でこたえた。

「最近、そんなに痛《いた》くないし」

「でも、ほっといてもしょうがないでしょ、そんなもの。とにかく食事会、次誘《さそ》わ

れたらちゃんと来てよ」

　わたしはしぶしぶうなずいた。


　小さいころから、お母さんはわたしの自慢《じまん》だ。

　心愛《ここあ》のママ美人だよね、って友だちからいわれたことは数知れないし、お母さんが買ってくれた服や靴《くつ》やアクセサリーは、センスいいね、ってたいていほめられた。

　実際《じっさい》、大学までバレエをやっていたせいか、お母さんはわたしから見てもすごくきれいだ。看護師《かんごし》の仕事で忙《いそが》しいのに、おしゃれにも手を抜《ぬ》かない。ふんわりしたショートボブもかわいい。明日の誕生日《たんじょうび》で三十八歳《さい》になるとは、とても思えない。

　お母さんが離婚《りこん》したのは、わたしが五歳《さい》のときだった。

　そして、それからたったひとりでわたしを育てている。だから、なのか知らないけど、むかしからお母さんはよくいっていた。

「あーあ、どっかにいい人、いないかな」って。

「わたしが再婚《さいこん》して主婦《しゅふ》になったら、あんたもお得《とく》だよ。おこづかい増《ふ》えるし、家事もしなくていいしね。英語でもダンスでもバドミントンでも、好きなことなんでもやり放題だ」

わたしは適当《てきとう》に、そうだね、っていった。だって、どうせ冗談《じょうだん》だと思ったから。

でも、今思えばあれは、お母さんの本音だったんだ。

お母さんにカレシができたのは今年の春、わたしが中学生になる直前だった。

五歳《さい》年上の、野村《のむら》という名前のそのおじさんは、駅に近いビルの一階で、大きな歯医者さんを開業している。丁寧《ていねい》な説明と、痛《いた》みが少ない治療《ちりょう》が売りの野村《のむら》デンタルクリニックは、市内でもわりと人気があるみたいだ。

再婚《さいこん》、という言葉をお母さんはまだいわない。

でも、きっと考えてる。

野村《のむら》さんとの食事会ってのは、たぶん、そういうことなんだろう。


次の日は、朝から目にしみるような青空が広がっていた。

昨日までのひやりとした陽射《ひざ》しとはうって変わって、春みたいに暖《あたた》かな陽《ひ》が射《さ》している。

お昼休み、わたしは廊下《ろうか》の水飲み場でざぶざぶと顔を洗《あら》った。最近、眠《ねむ》くてたまらない。とくに給食のあと、五時間目がひどかった。

単純《たんじゅん》に、もっと早く寝《ね》ればいいのかもしれない。

でも、家に帰ったらやることはたくさんある。夕ごはんの支度《したく》をして、食べたらお皿を洗《あら》って、次の日に出すゴミをまとめる。お風呂《ふろ》を掃除《そうじ》して、洗濯機《せんたくき》を回して、少し休んで宿題をしたらもう夜の十二時だ。早く寝《ね》るなんてとても無理だった。

けれど、それは仕方のないこと。

わたしより、お母さんの方がよっぽど大変だ。

お母さんが勤《つと》める病院はいつも人が足りなくて、突然《とつぜん》辞《や》める人もいる。そんなとき、お母さんは休みを取らずにヘルプに回る。つかれていても、弱音は吐《は》かない。そうやって、たったひとりでお金を稼《かせ》いで、わたしを育ててくれたんだ。家のことくらいやらないと、バチが当たる気がする。

ため息をつきながら、びしょ濡《ぬ》れの顔をハンカチで拭《ふ》いていると、

「心愛《ここあ》、なにやってんの？」

振《ふ》りむくと、柚葉《ゆずは》が立っていた。

「ん、ちょっと、顔洗《あら》ってた」

「かおー？」

柚葉《ゆずは》が笑った。

「あはは。なんで今？」

わたしも笑おうとしたけど、柚葉《ゆずは》のとなりに長崎《ながさき》くんがいるのに気づいて、どきっとした。ふたりとも小学校からの友だちだ。わたしがA組で、ふたりがD組。中学でクラスが分かれてしまって、話すのはひさしぶりだった。

「今、教室に呼《よ》びに行くとこだったの。心愛《ここあ》、今日ひま？」

「え？」

「もし、時間あったらだけど」

いつのまにかアルトからテノールに声変わりした長崎《ながさき》くんが、少し照れたように微笑《ほほえ》んだ。

「映画《えいが》行かない？　三人で」

「でも、部活は？」

わたしはしげしげとふたりを見た。柚葉《ゆずは》も長崎《ながさき》くんもバドミントン部だ。バド部は学校一、練習が厳《きび》しくて有名だった。

「今日はおやすみっ。ここんとこ大会前で練習続きだったから、少し休め、って」

柚葉《ゆずは》は笑顔《えがお》で声をはずませた。

「最近、三人であんまり話せてないしさ。行こーよ」

「割引券《わりびきけん》もらったんだ。ほかの作品がよければ、もちろん、それでも」

長崎《ながさき》くんもゆっくりうなずいて、いう。

ちゃんと相手の目を見て、長崎《ながさき》くんはいつもゆっくり言葉を選ぶように話す。そして、ほかの男子たちとちがって、必ず女子をさん付けで呼《よ》ぶ。そういうことのひとつひとつが、いいなあ、と思う。おまけに、長崎《ながさき》くんが教えてくれたタイトルは、まさに今、わたしが一番見たい映画《えいが》だった。

行きたい、絶対《ぜったい》に。でも。

「ごめん」

ため息まじりに、わたしはこたえた。

「今日はだめなんだ。ほんとに、ごめん」

ふたりは顔を見合わせて、それからこまったように笑った。

「そうだよね。心愛《ここあ》、忙《いそが》しいもんね。急に誘《さそ》って、こっちこそごめん」

わたしは首を振《ふ》った。無理やり笑った瞬間《しゅんかん》、少しだけ、本当にちょっとだけだけど、泣きたくなってしまった。


放課後、ひとりで校門を出たあと、わたしは駅の方にある大きなスーパーに向かった。

空は快晴《かいせい》だ。

透《す》きとおった午後の陽射《ひざ》しを弾《はじ》いて、街路樹《がいろじゅ》のイチョウの葉が揺《ゆ》れながら音もなく歩道に落ちてくる。アスファルトに広がる黄色いまだら模様《もよう》を踏《ふ》みしめて、わたしは柚葉《ゆずは》と長崎《ながさき》くんのことを考えた。

——映画《えいが》、行きたかったな。

声にならない思いが、ぽつんと胸《むね》に広がる。

でも、今日はお母さんの誕生日《たんじょうび》だ。ずっと前から、サプライズでケーキを焼こうと決めていた。もちろん、いつもの家事だってやらなきゃいけない。どう考えても、映画《えいが》なんて見にいく時間はない。

柚葉《ゆずは》たちとは四年生のとき、小学校のバドミントンクラブで知りあった。四年生はわたしたちしかいなかったし、おまけに三人とも初心者だったから、すぐ打ちとけた。気が強そうに見えて人見知りの柚葉《ゆずは》と、人と争うことが苦手な長崎《ながさき》くん、そして、引っこみ思案でのんびりやのわたしは、相性《あいしょう》がよかった。五年生で同じクラスになるとさらに仲良くなり、卒業前に三人だけでディズニーランドに行ったこともある。中学に行っても、関係はずっと変わらないと信じていた。

バカだよな、と思う。あのころを思いだすと、なんだか遠い夢《ゆめ》みたいだ。まだ、一年も経《た》ってないのに。

映画《えいが》の誘《さそ》いを断《ことわ》ったあと、わたしたちはひさしぶりに三人で話した。

でも、わたしはついていけなかった。ふたりが当たり前のように口にするだれかの名前も、クラスで起きたことも、部活のなかのエピソードも、はじめて聞く話ばかりだった。一年生でひとりだけ、長崎《ながさき》くんが団体戦《だんたいせん》のメンバーに選ばれたことも、わたしは知らなかった。柚葉《ゆずは》は知ってた。あたりまえだよね。だって、ふたりとも同じ部活だもの。

ほんとはわたしも、中学生になったらバド部に入るつもりだった。

でも、四月の説明会で話を聞いてあきらめた。練習は毎日六時までで、土日も休みはないっていわれたから。週二回、一回二時間で終わる小学校のクラブ活動とは大ちがいだ。残念だけど、部活をやるのは絶対《ぜったい》無理だと思った。

その予想は正しかった。

中学に入ると一気に勉強が難《むずか》しくなり、なにより、やらなくちゃいけない家事が大幅《おおはば》に増《ふ》えた。お母さんの夜勤《やきん》が増《ふ》えたせいだ。前は週に二回だけだった夕ごはんの準備《じゅんび》が、いつのまにか三回になり、四回に増《ふ》え、今はわたしが毎日つくってる。

仕方のないこと。

それはわかってる。でも、こんなこと考えたくないし、絶対《ぜったい》関係ないと思うけど、わたしの家事が増《ふ》えた時期は、お母さんが野村《のむら》さんとつきあいはじめたタイミングとぴったり重なる。

目を閉《と》じて、ため息をつき、ぎゅっと奥歯《おくば》をかむ。その瞬間《しゅんかん》、歯茎《はぐき》に強い痛《いた》みが走った。

左上、奥《おく》から二番目の歯だ。ほかの乳歯《にゅうし》はぜんぶ永久歯《えいきゅうし》に生え変わっているのに、その歯だけはなぜかいまだに抜《ぬ》ける気配がない。普段《ふだん》は気にしてないけれど、強くかむとじわりと痛《いた》みが広がる。最近、歯をくいしばることが多くて、そのたびに顔をしかめてしまう。

鈍《にぶ》く後をひく痛《いた》みのなかで、ふたりの顔が回る。

映画《えいが》、もうはじまったかな。

結局、ふたりで行ったんだろうか。

帰り道、どっかでお茶したりするのかな。

いいなあ。

長崎《ながさき》くんが努力している姿《すがた》を、柚葉《ゆずは》は毎日見ることができる。失敗して落ちこんだり、先輩《せんぱい》に叱《しか》られて元気がなかったりするとき、そっとうしろから声をかけることも。

同じ教室で、ふとしたときに目が合って、ちょっとしたことでバカみたいに笑って、からかったりからかわれたり、気づかないうちに姿《すがた》を目で追って、次の日もその次の日も、あたりまえに同じ空間にいられたのはなんて幸せだったんだろう。

もし、一年前の自分に会えたら、大きな声でいってやりたい。今、目の前にあるあたりまえは、あたりまえじゃないんだよ、って。変わってほしくないことほど、変わってしまうものなんだよ、って。たぶん、なんにも知らない能天気《のうてんき》なわたしは、中途半端《ちゅうとはんぱ》に笑顔《えがお》を浮《う》かべて、首をかしげるだけだろうけど。

六年生のとき、長崎《ながさき》くんがわたしを好きだって噂《うわさ》になったことがある。今どき黒板にあいあい傘《がさ》とか、ほんとバカみたいだったけど、長崎《ながさき》くんは顔を真っ赤にして、恥《は》ずかしそうに否定《ひてい》した。そんなわけないじゃん、って、わたしも怒《おこ》った。

でも、あのとき、ほんとはちょっとうれしかったんだ。

イチョウの葉が一枚《いちまい》、また目の前を通《とお》り過《す》ぎていく。

どんなになつかしがっても、時間はもどらない。

青空を見あげてまたひとつ息をつき、わたしはスマホのディスプレイを見た。いけない、四時まであと十五分だ。

急がないと。

わたしには、だれも知らない小さな楽しみがひとつある。

よく行くスーパーから五十メートルほど離《はな》れた歩道橋、その階段《かいだん》を上る途中《とちゅう》で、いつもわたしは足を止める。そして、だれにも気づかれないように、斜《なな》め下《した》——桐《きり》野《の》ボクシングジムの様子をうかがう。

そこに、わたしと同じくらいの歳《とし》の女の子がいる。

夕方、買い物前に通りかかると、ガラス張《ば》りのジムのよく見える場所で、その子は青いサンドバッグを叩《たた》いている。

最初は男の子かと思った。でも、ショートヘアの髪型《かみがた》と、大きな目の感じで女子だとわかった。少し丸顔で、肌《はだ》が白くて、背格好《せかっこう》もわたしと変わらない。いつも無地の黒いTシャツを着て、白のハーフパンツと黒いスニーカーを履《は》いている。

ボクシングのことなんてぜんぜんわからないけど、わたしはその子がサンドバッグを打つ姿《すがた》が好きだ。彼女《かのじょ》の動きがすごいってことは素人《しろうと》でもよくわかる。四ヶ月前、七月の暑い日、買い物に行く途中《とちゅう》ではじめて見た瞬間《しゅんかん》、わたしは一目で心を奪《うば》われた。

女の子がこぶしを出す。

左、左、右、左。腰《こし》を回して、斜《なな》め下《した》から身体をぶつけるように、右のこぶしを

桐野
KIRINO

突《つ》きあげる。サンドバッグが縦《たて》に揺《ゆ》れる。斜《なな》めうしろに距離《きょり》を取り、左、左、右、また小刻《こきざ》みにパンチを打つ。

こぶしが回る。リズムよく。

足、グローブ、頭の位置、細かくポジションを動かしながら、サンドバッグを打ちつづける。ジム内の音は聞こえてこない。けれど、革《かわ》と革《かわ》の衝突《しょうとつ》する音が、その衝撃《しょうげき》が、見ているだけで身体に直接《ちょくせつ》伝わってくる気がする。

買い物がある日は必ずここに来て、わたしは練習の風景を見つめる。

サンドバッグを叩《たた》く時間は決まって四時だ。二分叩《たた》いて三十秒休んで、そこからまた二分打ちつづける。何セットやってるのかはわからない。もっと長く、できればそばで見たいけど、気づかれたらいやなので、最近は一セットだけ見てすぐに立ちさることにしている。

二分が過《す》ぎた。

女の子がこぶしを止める。

腕《うで》を下げ、サンドバッグに背《せ》を向けた瞬間《しゅんかん》、わたしは全力で拍手《はくしゅ》したくなる。すごいものを見せてもらったお礼を、まっすぐに伝えたくなる。

今日もよかった。すごくよかった。

胸《むね》のなかにあったもやもやは、いつものように小さくなっていた。心のなかで手を叩《たた》き、わたしは小走りで歩道橋を上った。

買い物が終わって家に着くと、すでに五時だった。急がなきゃ。七時半にはお母さんが帰ってくる。

もとの予定では、今夜はケーキを買って、夕ごはんはふたりでファミレスに食べに行くことになっていた。

でも、ごはんもケーキもわたしがつくっておいたら、お母さんはきっとびっくりする。すごいねって、にっこりしてくれる。わたしはお母さんに喜《よろこ》んでほしかった。いつもお仕事がんばってくれてありがとう、っていいたかった。誕生日《たんじょうび》ぐらい、家でゆっくりごはんを食べてほしかった。

時計を何度も確認《かくにん》しつつ、急いで準備《じゅんび》した。

スマホで調べた短時間でできるレシピのとおり、甘《あま》さひかえめのチーズショコラとシーフードグラタン、サーモンのサラダとミネストローネをつくった。ぜんぶお母さんが好きなものだ。

どうにか完成したとき、時計は七時二十五分だった。

大急ぎで用意したわりには、ケーキも料理もよくできた。わたしはケーキを冷蔵《れいぞう》庫《こ》で冷やし、食器をテーブルに並《なら》べた。クラッカーを袋《ふくろ》から出し、おこづかいで買ったプレゼントのお花もテーブルのまんなかに飾《かざ》った。

ああ、はやく帰ってこないかな。

お母さんが驚《おどろ》く顔を想像《そうぞう》すると、胸《むね》がどきどきする。ドアが開いて、「ただいま」の声を聞く瞬間《しゅんかん》が待ち遠しくて仕方なかった。

八時を過《す》ぎてもお母さんは帰らなかった。

電話も、ＬＩＮＥのメッセージもこない。

スマホをにぎりしめたまま、わたしは何度もリビングのドアを見つめた。仕事で何かあったんだろうか。こっちから連絡《れんらく》しようかな、と心配になったとき、ようやくスマホが震《ふる》えた。お母さんからだ。

「もしもし」

「あ、心愛《ここあ》？　ごめんねー。今日のごはんなんだけど、ひとりで食べてもらえる？」

「え？」

「ちょっとね、外で食べてくことになっちゃって。ほら、来週の食事会あったでしょ。あれ、今日にずらしたの。野村《のむら》さんの都合もあって……」

ひゅっ、と胸《むね》に氷を投げこまれた気がした。

なにそれ？

「……また野村《のむら》さん？」

がまんしなきゃ、って思ったのに、うっかり言葉がこぼれでた。

「え？　またってなによ」

お母さんが不機嫌《ふきげん》そうにいった。

「とにかく、遅《おそ》くなるかもしれないから、ちゃんとごはん食べなさいよ。お寿司《すし》とってもいいから」

「でも」

わたしはあわてて言葉を探《さが》した。なにかいわなきゃ、そのまま電話を切られてしまう気がした。

「お母さん、今日誕生日《たんじょうび》だよ。今日くらい、いっしょに家で……」

「べつに、わたしの誕生日《たんじょうび》だし。あんたの誕生日《たんじょうび》にはちゃんと早く帰ってるでしょ」

「そうだけど……」

「ごめんね、ちょっと急ぐから。なにかあったら連絡《れんらく》して」

いいかえす間もなく、電話は切れた。ぶつっという音が、冗談《じょうだん》みたいに大きく聞こえた。


結局、夕ごはんはひとりで食べた。

グラタンとスープを温めなおして、サラダをもそもそ口に運んだ。

冷蔵庫《れいぞうこ》から出したケーキは、蛍光灯《けいこうとう》の下で無駄《むだ》につやつやと輝《かがや》いて、わたしはフォークを突《つ》きたてて、力まかせにひっかきまわしたくなった。

でも、頭の奥《おく》ではちゃんとわかってる。

ケーキも、料理も、わたしが勝手に用意しただけ。お母さんは知らない。サプライズなんだから、あたりまえだ。わたしのやり方がまずかっただけ。

いったい、なにをやってんだろう。

ひとりで盛《も》りあがって、ひとりで悲しくなって、ひとりで腹《はら》を立てて……バカみたいだな、わたし。

ケーキを削《けず》って、口に運んだ。

甘《あま》さを控《ひか》えたビターチョコは、思いのほか苦《にが》い。

小さいころ、わたしのバースデイ・ケーキはいつもお母さんの手づくりだった。一週間くらい前に「今年はどんなケーキがいい？」ってきかれて、チョコがいいとか、モンブランが食べたい、なんてリクエストすると、たいていどんなものでもつくってくれた。

お店のケーキになったのはいつからだろう。

手づくりケーキのことを話すと、「あのころはお金がきつかったのよ」ってお母さんは笑う。今思えばたしかに、シンプルなスポンジケーキをアレンジしたものが多かった気はする。でも、それでもおいしかったし、十分すぎるくらい、うれしかった。だから今年は、わたしがケーキを作ろうと思ったのに。

ため息をつき、ゆっくりと首を振《ふ》る。

がまん、がまん。

つらいときは、今までもたくさんあった。そのたびに息を吸《す》って、歯をくいしばって、がまんしなきゃ、って自分にいいきかせてきた。

だけど、がまんした先に、いったい何があるんだろう。

考えた瞬間《しゅんかん》、奥歯《おくば》がまた、ずきんと痛《いた》んだ。


お母さんは夜遅《よるおそ》く、わたしが寝《ね》る直前に帰ってきた。

部屋に入って、次の日の持ち物をチェックしようと机《つくえ》に向かった瞬間《しゅんかん》、玄関《げんかん》ドアが開く音がした。

「ただいまーっ。ごめーん。心愛《ここあ》？　ここあーっ？　起きてるーっ？」

あわてて部屋を飛びだして、玄関《げんかん》に向かった。お母さんはわたしを見て、真っ赤な顔で、えへへへ、と笑った。

「大丈夫《だいじょうぶ》？　お水もってこようか？」

「いい、いい。いーいっ。だーいじょーぶ、だから。心愛《ここあ》、見てこれ、野村《のむら》さんからプレゼントだって」

わたしに紙袋《かみぶくろ》を手渡《てわた》すと、お母さんはふらふらしながら靴《くつ》を脱《ぬ》ぎ、リビングに向かった。コートも脱《ぬ》がずに、そのまま倒《たお》れこむように、どさりとソファーに腰《こし》をおろした。

「これ、つくってみたんだけど」

冷蔵庫《れいぞうこ》からケーキを取りだして、わたしは見せた。

「えーっ、心愛《ここあ》つくったのー、これ？　わたしのために？」

「苦《にが》かったらごめんね」

「ありがとーっ」

お母さんが抱《だ》きついてきた。う、と声が出そうになるくらい、アルコールのにおいが鼻をつく。

「心愛《ここあ》は、ほんっとーに、優《やさ》しーよねーっ」

わたしの頭をなでながら、お母さんはけらけら笑った。楽しそうなお母さんを見ると、ちょっとほっとする。でも、お酒なんか飲まなくても、いつもにこにこしてくれたらいいのに。

おしゃれな箱に入った野村《のむら》さんのプレゼントは、高級そうなワイングラスだった。『Ｆｏｒ　Ｈｉｒｏｋｏ』って、お母さんの名前まで入ってる。

いやだなあ。

安っぽい蛍光灯《けいこうとう》の光の下で輝《かがや》くグラスを見ながら、こっそり思った。こんなもの、割《わ》れちゃえばいいのに。


だれがなんていおうと、学校で一番しんどいのは休み時間だ。

授業《じゅぎょう》が終わった瞬間《しゅんかん》、教室の酸素《さんそ》は半分に減《へ》る。息苦しさをかみつぶし、深いため息をのみこんで、わたしは杏《あん》のそばに行き、今日も気乗りしないムダ話に加わる。

「それでね、年明けらしーよー。式場も、もう決まってるんだって」

クラス一かわいい杏《あん》が、にこにこと首をかしげながら言葉を吐《は》きだすたび、みんなの大げさな相槌《あいづち》がはじまる。へえ！　とか、そうなんだ！　とか、よくやるなあこの子たち、とあきれているくせに、人一倍大げさに、全力でうなずいているのはわたしだ。杏《あん》が機嫌《きげん》よく、ふふふ、と笑った。

杏《あん》のグループは、クラスでもとりわけ中心の、よく目立つグループだ。そこに、なぜかわたしもいる。杏《あん》は、わたしのことを「かわいい！　おしゃれ！」っていうけど、よくわからない。わたしがグループにいるのは、ただのバグみたいなものだ。

実際《じっさい》、みんなが好きな流行《はや》りの音楽とか、なんとかっていう動画のアプリとか、テレビに出ているかっこいい男の子とか、わたしはぜんぜんくわしくない。だから、興味《きょうみ》がなくてもあるふりをして、笑いたくもないのに笑って、みんながなにを「面白《おもしろ》い」って感じているのか、いつも探《さぐ》りを入れている。

はみださないように、目立たないように。グループにいるためには、見えないルールがたくさんある。つかれるな、ほんとに。

「相手のひと、歯医者さんらしーよー」

ふいに耳に飛びこんできた言葉に、どきっとした。

杏《あん》がこわいな、と感じるのは、こういうときだ。

単純《たんじゅん》に、知りあいが多いからだろうけど、杏《あん》はほかの子や先生たちの家庭事情《じじょう》にすごくくわしい。今朝も音楽の岡林《おかばやし》先生が離婚《りこん》して、来年、小学生の子どもを連れて再婚《さいこん》するという情報《じょうほう》を、どこからか仕入れてきたばかりだった。

だれのお父さんが何をしていて、兄弟姉妹がどんな子で、どこの家に不登校の子がいて、生活保護《ほご》を受けている家の子はだれなのか。杏《あん》は驚《おどろ》くような裏話《うらばなし》をよく知っている。そして、雑談《ざつだん》のなかの絶妙《ぜつみょう》なタイミングで、上手にネタにして笑いをとる。悪意なんて感じさせない、女子アナみたいに完璧《かんぺき》な笑顔《えがお》で。

「岡林《おかばやし》先生って何歳《なんさい》だっけ？」

「四十……二とか、三くらい？」

「うわー。キモっ。おばさんになって恋愛《れんあい》とか、よくやるねー」

最後の杏《あん》の言葉に、みんながどっと笑った。

わたしも笑った。笑いながら、ぎゅっと自分の腕《うで》をつかむ。もし、うちのお母さんのことを杏《あん》が知ったらどうなるんだろう。考えただけで、背筋《せすじ》が冷えた。


学校を出た途端《とたん》、正面から強い北風が吹《ふ》いてきた。

もともと曇《くも》っていた空はさらに暗くなり、かすかに雨のにおいがする。さっさと買い物を終わらせて、早く帰った方がいい。わかってはいたけど、今日もわたしは歩道橋に向かった。教室を出る前から、あの子の練習を見ようと決めていた。

午後四時過《す》ぎ、桐野《きりの》ボクシングジムの片隅《かたすみ》で、やっぱりあの子はサンドバッグを叩《たた》いていた。

最初は軽く、こぶしの感触《かんしょく》を確《たし》かめるように。

左、左、右。

あごを引き、小さく身体を振《ふ》りながら、リズムよくパンチを繰《く》りだしていく。バックステップで距離《きょり》を取り、左を二発。すぐにまた距離《きょり》をつめ、右、左、左。サンドバッグが身をよじり、悲鳴を上げているみたいだ。見事な身のこなしのせいで、本当にだれかと戦っているように見える。

かっこいいなあ。

それにしても、なんでボクシングをやろうと思ったんだろう。

わたしのまわりには、格闘技《かくとうぎ》をやっている子はほとんどいない。せいぜい、空手や剣道《けんどう》をしている子が数人思いつくくらいだ。

わたしも格闘技《かくとうぎ》に興味《きょうみ》はなかった。そもそも、暴力《ぼうりょく》が苦手だ。だれかを殴《なぐ》ったり、殴《なぐ》られたりする場面は見たくない。電車で知らない人同士《どうし》がケンカをしているだけで、息が苦しくなってしまう。

いつか見た光景が、頭のなかによみがえる。

まだ幼稚園《ようちえん》に通っていたころの記憶《きおく》だ。夜、夫婦喧嘩《ふうふげんか》の途中《とちゅう》で、いきなりお父さんがお母さんのほおを叩《たた》いた。やめて、ってお母さんはいったのに、何度も、何度も、何度も叩《たた》いた。わたしはなにもできなかった。こわくて、となりの部屋で毛布《もうふ》にくるまって、声が聞こえなくなるまで耳をふさいでいた。

今でも思う。

あのとき、わたしがお母さんを守れたら、何か変わっただろうか。

お父さんが家を出て、ふたりが離婚《りこん》したのはそのすぐあとだった。

ふとよぎった記憶《きおく》に、鼓動《こどう》が速くなる。その音に合わせるように、女の子の動きも加速していく。

左、左、右。斜《なな》め下から突《つ》きあげるように、さらに右。一瞬距離《いっしゅんきょり》を取り、身体を揺《ゆ》らして左、右、左。ほおを伝う汗《あせ》が一滴《いってき》、床《ゆか》に落ちる。どうしてだろう。暴力《ぼうりょく》は嫌《きら》いなのに、この子の動きにはいつも見入ってしまう。

グローブがサンドバッグに衝突《しょうとつ》するたび、ばん、ばん、と胸《むね》の奥《おく》で心地《ここち》いい音がする。がんばれ、がんばれ、がんばれ――こぶしをにぎりしめ、声に出さずに叫《さけ》ぶ。あの鋭《するど》い動きが、速いこぶしが、わたしの胸《むね》のもやもやを全部叩《たた》きつぶしてくれたらいいのに。

「どうすんのよ、これっ」

夜のキッチンに、お母さんのどなり声が響《ひび》きわたった。床《ゆか》には、今まさに割《わ》れたばかりの、昨日のワイングラスが散らばっている。

「気をつけてっていったでしょっ。もー、なにやってんの？」

「ごめんなさい……」

蚊《か》の鳴くようなわたしの声は、どこにも届《とど》かずによろよろと冷たい床《ゆか》に落ちた。

わざとじゃない。お母さんが流し台にグラスを置きっぱなしにしているから、上の棚《たな》にしまおうとして手がすべったんだ。

「棚《たな》に置くときは踏《ふ》み台《だい》使えっていってるでしょ。ほんとにもう、あんたは……」

そんなに大事なグラスなら、自分でちゃんと片《かた》づけてよ。

喉《のど》まで出かかった言葉は、無理やりのみこんだ。いい返したら、お説教は余計《よけい》長くなる。わたしは丁寧《ていねい》にガラスを拾い、掃除機《そうじき》をかけた。割《わ》れたグラスは新聞紙にくるみ、『割《わ》れもの注意』とマジックで書きこんだ。そのあいだ、お母さんはずっと怒《おこ》っていた。謝《あやま》っても謝《あやま》っても、ぜんぜん許《ゆる》してくれなかった。

その夜は眠《ねむ》れなかった。

朝方ようやくうとうととして、すぐに目覚ましの音で目が覚めた。まったく寝《ね》た気がしなかった。

お母さん、まだ怒《おこ》ってるかな。おそるおそる部屋を出ると、すでに仕事に向かったらしく、どこにも姿《すがた》がない。何も食べる気がせず、わたしは朝ごはんを抜《ぬ》いて家を出た。腕時計《うでどけい》を見ると、いつもより四十分も早い。昨日の夕方から降《ふ》りだした雨は夜のうちに上がったらしく、黒く濡《ぬ》れたアスファルトが輝《かがや》いている。風は冷たく、空はどこまでも高く澄《す》んで、じっと見ていると目が痛《いた》くなりそうだった。

最初の角を曲がり、少し歩いたところで、あ、と思った。

十メートルほど向こうに、柚葉《ゆずは》と長崎《ながさき》くんが並《なら》んで歩いている。ふたりとも、バド部の大きなバッグを持っていた。柚葉《ゆずは》たちは家が近いから、朝練に行く途中《とちゅう》で会ったのかもしれない。

声をかけようとした、まさにそのときだった。

ふたりが手をつないだ。

どちらから、ということもなく、すごく自然な感じだった。まるで、ふたりにはちっとも特別なことじゃないように。

え？　いつから？

笑っちゃうほど現実感《げんじつかん》がない。なのに、胸《むね》の奥《おく》にはしっかり刺《さ》さった。心臓《しんぞう》が大きく、いやな感じで鳴りはじめる。ふたりが次の曲がり角を折れ、完全に姿《すがた》が見えなくなるまで、わたしは一歩も動けなかった。

放課後、わたしは今日も歩道橋に向かった。

授業中《じゅぎょう》も、給食の時間も、ぜんぜん頭が働かなかった。でも、自分がショックを受けてるなんて思いたくなくて、休み時間はいつも以上に大きな声で笑った。一秒でも早く、ほんとは家に帰りたかった。

朝見た光景が目に焼きついて離《はな》れない。

いったい、いつからそういう関係だったんだろう。もうつきあってるんだろうか。あんなに仲良しだったのに、わたしはちっとも気づかなかった。

ため息をつけばつくほど、心が重くなった。抜《ぬ》けるような空の下、足元を見つめて、よろよろと歩いた。

桐野《きりの》ボクシングジムでは、今日もあの子がサンドバッグを打っていた。

あごを引き、前かがみの体勢《たいせい》から、まず左を二発。うしろに跳《は》ねるように距離《きょり》を取り、頭を揺《ゆ》らして右、左、左、左。時計回りに位置を変え、強い右を一発。身体を沈《しず》めて、左、左、右……切れのある動きは相変わらずだ。

いつもなら見ているだけで、ネガティブな気持ちは遠のいていく。でも、今日はだめだ。胸《むね》の奥《おく》で大きくふくらんだもやもやは、もうどうにも止まらなかった。

濡《ぬ》れたアスファルト、白い光、柚葉《ゆずは》と長崎《ながさき》くんの笑顔《えがお》、捨《す》てられずにしまいこんだ入部届《にゅうぶとどけ》、休み時間の息苦しさ、舌《した》ったらずな杏《あん》の声、食事会の誘《さそ》い、ためこんだ洗濯物《せんたくもの》、床《ゆか》に散らばったグラスの破片《はへん》、お母さんの怒鳴《どな》り声《ごえ》……いろんなことが頭をよぎり、奥歯《おくば》にまた痛《いた》みが走る。かまわずに、さらに強くかみしめた。

女の子がサンドバッグを打つ。鋭《するど》い左が繰《く》りかえし突《つ》きささる。

いいなあ。

ここに来て女の子の練習を見ると、いつも少しだけ前向きな気持ちになる。でも、それはほんの一瞬《いっしゅん》だ。家に帰るとすぐに現実《げんじつ》が待ってる。

女の子の動きが速くなる。

汗《あせ》が散る。腕《うで》の回転が上がる。グローブが激《はげ》しく衝突《しょうとつ》する。

いいなあ。

好きなことに全力で打ちこめる人がいる。

透明《とうめい》な壁《かべ》の向こうがわは、今にも手が届《とど》きそうなのに、どこまでも遠い。ここと向こうは別世界だ。いくら腕《うで》をのばしても、わたしには永遠《えいえん》に届《とど》かない。

女の子が顔をあげて、息をつく。

十一月の透《す》きとおった光が、金色の雨のようにジムのなかに降《ふ》りそそぐ。それはあまりにもまぶしくて、すべてが輝《かがや》いて、本当に、ただただ、きれいで――気がつくと両目から涙《なみだ》があふれていた。

びっくりした。なんで泣いているのか、自分でもわからなかった。ぬぐってもぬぐっても、涙《なみだ》はぜんぜん止まらなかった。

そのとき、女の子が窓《まど》の外に目を向けた。時間が止まったような気がした。二重《ふたえ》まぶたの大きな目が、ゆっくりと大きく見ひらいて、わたしを見た。

顔から火が出た。

背《せ》を向けて、わたしは全力で逃《に》げた。

「待ってっ」

うしろで声が聞こえた。なんてこった。見られた。気づかれた。

よりによって、泣いているところを。

「逃《に》げないでっ」

振《ふ》りかえらず、まっしぐらに走った。ものすごいスピードで足音が迫《せま》ってくる。なんで？　なんで追いかけてくるの？　パニックになり、夢中《むちゅう》で逃《に》げた。走って、走って、歩道橋の端《はし》まで来たところで――前のめりに、思いっきり転んだ。

いったぁ……。

「だいじょうぶっ」

顔をあげると、息を切らしたあの子が、心配そうにこっちをのぞきこんでいた。

「立てる？」

女の子が手を差しだした。包帯のようなものが巻《ま》いてあるその手は、思ったよりずっと小さい。力を抜《ぬ》いて腕《うで》をのばすと、びっくりするほど強い力で引きあげられた。あったかい手だった。

「来て」

「え？」

「手当てするから」

見ると、右《みぎ》ひざにうっすら血がにじんでいた。

「大丈夫《だいじょうぶ》。ちょっと休んでいきなよ」

目が合った瞬間《しゅんかん》、女の子が笑った。


初めて入った桐野《きりの》ボクシングジムは、思ったよりずっと広かった。

天井《てんじょう》は高く、ガラス張《ば》りの壁《かべ》から射《さ》す光が反射《はんしゃ》して、フローリングの床《ゆか》がうっすらと輝《かがや》いている。壁際《かべぎわ》にはサンドバッグが吊《つ》りさがり、反対の壁《かべ》は一面鏡張《かがみば》りになっていた。そして、中央でひとつ、ひときわ存在感《そんざいかん》を放っているのは、今はだれもいない四角いリングだ。

汗《あせ》くさいイメージとは正反対の、清潔《せいけつ》で整った空間。縄跳《なわと》びをしたり、鏡の前でひとりでパンチを打ったりしている人のなかには、若《わか》い女の人もいた。

――きれいな場所だな。

入口近くのイスに座《すわ》り、傷《きず》の手当てを受けながら、わたしはぼんやり思った。

「はい、おわりー」

ふと女の子の声がして、見ると、擦《す》りむいた右膝《みぎひざ》にはきれいに絆創膏《ばんそうこう》が貼《は》ってあった。慣《な》れているのか、かなり手際《てぎわ》がよかった。

「ありがとう……ございます」

頭を下げると、女の子は顔の前で手を振《ふ》った。

「こっちこそ、追っかけたりしてごめんね。なんか、その、心配で。大丈夫《だいじょうぶ》？」

わたしはうなずいた。同時に、恥《は》ずかしさが猛烈《もうれつ》にぶり返してくる。穴《あな》があったら入りたかった。

「落ちつくまで、ゆっくりしてって」

「でも、練習中なのに……」

「いーからいーから。気にしないでいーよ」

もっととっつきにくい子かと思ってたけど、小さな子どもみたいに表情《ひょうじょう》がくるくる変わる。色白の肌《はだ》に、睫毛《まつげ》の長い大きな目。丸くて小さな顔に、黒のショートヘアがめちゃくちゃ似合《にあ》っている。ボクサーってより、テレビで歌っているどこかのアイドルグループの子みたいだ。

「その制服《せいふく》、東中？　何年生？」

「一年……です」

「いっしょだっ」

女の子の顔がぱっと輝《かがや》いた。

「わたしは南中。家、このへん？」

「あ、家は線路の向こうがわです。このへんは、よく買い物に来る感じで……」

なんだかとても不思議な感じがした。いつも見ていたあの子と、話している。透《とう》明《めい》な壁《かべ》の向こうがわに、今、自分がいる。夢《ゆめ》でもなんでもないのに、まるで現実感《げんじつかん》がなかった。

泣いてた理由をきかれたらどうしよう、と身構《みがま》えていたけど、女の子は名前すらきいてこなかった。わたしは出してくれたルイボスティーに口をつけた。ちょうどいい温かさで、果物みたいないい香りがして、胸《むね》の奥《おく》までしみこんでくる気がする。

「さて」

わたしがお茶を飲みおえたところで、女の子は、にっ、と白い歯を見せた。

「やってみる？」

「え？　なにを？」

「バッグ打ち。すっきりするよー」

ばくん、と大きく胸《むね》が鳴った。

「え、でも……」

「いーから、いーから」

女の子はわたしの手をとり、サンドバッグの前まで引っぱっていった。歩道橋からいつも見ていた、一番窓際《まどぎわ》にあるあの青いサンドバッグだ。

「まず、ケガしないようにバンデージを巻《ま》いて……」

いうが早いか、女の子は白くて細い布《ぬの》をくるくるとわたしの両手に巻《ま》きつけていった。

「……その上にグローブをつける。これは八オンスね」

オンスとは何だろう、と思いつつ、いわれるまま手を入れる。その瞬間《しゅんかん》、ずん、と今度は胸《むね》が震《ふる》えた。なにこれ、すごい。これだけでちょっと強くなった気がする。なめらかな革《かわ》の表面に顔を近づけると、かすかに、汗《あせ》のにおいがした。

「フォームとかはおいといて、まずは一発叩《たた》いてみなよ」

さあどうぞ、と女の子はいった。

「手首痛《いた》めないように、なるべくまっすぐ打ってみて」

わたしはサンドバッグを見つめ、つばを飲みこんだ。

ただの物体のはずなのに、正面から見ると異様《いよう》に大きく、威圧感《いあっかん》を感じる。息を吸《す》い、あごを引いた。覚悟《かくご》を決め、いつも見ていた女の子の動きを思いだしながら、えいっ、と右こぶしを突《つ》きだした。

小さな、鈍《にぶ》い音がした。

あれ？

腕《うで》から肩《かた》にかけて、しびれるような衝撃《しょうげき》がある。なのに、サンドバッグはびくともしない。

もう一度、今度はさらに強く打ってみた。でも、だめだ。かすかに前後に揺《ゆ》れた程度《ていど》で、サンドバッグは動かない。

「いいねー」

横から声が飛んできた。

「どんどん打っちゃえ、打っちゃえっ」

声に背中《せなか》を押《お》されるように、一発、一発、また一発……サンドバッグは動かない。想像《そうぞう》以上に、ずっしりと重かった。なんでわたしだけ、なにもかもうまくいかないんだろう。胸《むね》にくすぶっていたもやもやがまたふくらみはじめた。頭の奥《おく》で火花が散る。心のなかで、何かが外れた。

あああああっ。

わたしは夢中《むちゅう》でサンドバッグを打ちつけた。

ちくしょう。ちくしょう。ふざけんなっ。

いくら力をこめても、弾《はじ》ける音は弱々しい。サンドバッグは動かない。ひ弱なこぶしは響《ひび》かない。腹《はら》が立って、くやしくて、わたしはさらに思いきり腕《うで》を振《ふ》りまわした。

「ストップっ」

うしろから、抱《だ》きしめられるように止められた。

「すごい気迫《きはく》っ」女の子が笑った。

「手、大丈夫《だいじょうぶ》?」

乱《みだ》れた呼吸《こきゅう》のままうなずいた。一気に腕《うで》がだるく、重くなる。

なのに、なんでだろう。

だるくて、痛《いた》くて、苦しいのに、心はすっきり澄《す》んでいた。

Chapter 2

新世界

土曜日は一週間でゆいいつ、少しだけのんびりできる日だ。

お母さんは基本《きほん》、休みの日が不規則《ふきそく》だけど、土曜日だけは固定の休日で、家事を半分はやってくれる。桐野《きりの》ボクシングジムにいった翌日《よくじつ》、わたしは午前中に家事を終わらせて、家を出た。

雨上がりの歩道に点々と紅葉《もみじ》が散り、透《す》きとおった陽射《ひざ》しがさらりと気持ちよかった。

わたしは商店街に寄《よ》り、洋菓子屋《ようがしや》でフィナンシェのつめあわせを買った。あの子に、昨日のお礼がしたかった。

昨日は家に帰ってからも、ふわふわして落ちつかなかった。ジムのなかに入ったことも、あの子と話せたことも、両手にボクシングのグローブをつけたことも、やっぱり全部夢《ゆめ》のようだった。けれど、サンドバッグを叩《たた》いたあとの、不思議にすっきりした感覚だけは、今もしっかりと胸《むね》に残っている。

あの子、いるかな。

ジムが近づくにつれ、どきどきしてきた。

もし、いなかったらどうしよう。せめて、名前だけでもきいときゃよかった。

おそるおそる、ジムの入口からなかをのぞきかけた瞬間《しゅんかん》、いきなりドアが開いた。思わず目をむいた。全身黒ずくめの、いかつい坊主頭《ぼうずあたま》の男が、まっすぐにこちらを見おろしてきた。

「見学、ご希望ですか？」

「あ、はい。いえ、あの……」

あまりの迫力《はくりょく》に、言葉が出なかった。

四十歳《さい》くらいだろうか。百八十センチは超《こ》える背丈《せたけ》で、目つきが異様《いよう》に鋭《するど》い。右目の横には大きな傷《きず》あとがあり、Tシャツからハーフパンツ、サンダルまで、すべて真っ黒だ。どう見ても、ふつうの人には見えない。

なにこのひと？　ボクサー？

「なにか、御用《ごよう》でも？」

「あの、あのあの、わたし、お礼に……」

「お礼？」

くわっ、と音がするように、口が横に開いた。眉間《みけん》にしわを寄《よ》せて、じっとわたしを見つめる。なんで威嚇《いかく》されているのかさっぱりわからず、来たことを全力で後《こう》悔《かい》しかけた瞬間《しゅんかん》、あ、とつぶやく声がした。

「もしかして、昨日ジムに来た子？　中学生の」

わたしは無言で二度うなずいた。ああ、と男の人が笑った（ように見えた）。

「話、聞いてます。あいつ、もうすぐロードワークからもどるんで、なかどうぞ」

ありがとうございます、と頭をさげた。心臓《しんぞう》が凍《こお》りつきそうだった。ジムに通され、昨日と同じイスに座《すわ》っても、生きた心地《ここち》がしなかった。

「ごゆっくり」

男の人はわたしの前に生き血のような赤いお茶を置くと、『事務室《じむしつ》』という札のかかった部屋に入っていった。何者だろう。わたしは小さく息をつき、こわごわお茶をすすった。おいしい。ハイビスカスのお茶だった。

ジムは昨日よりさらに活気がある。ストレッチをしている人や、リングの上で身体を動かしている人、頭の上にあるボールのようなものを叩《たた》いている人、もちろん、サンドバッグを打っている人もいる。もう一回っ、ラスト三十っ、なんてかけ声が、あちこちで飛んでいた。

ここが、あの子のいる場所。未知なる闘《たたか》いの空間だ。

ただ、思っていたイメージとは少しちがう。もっと殺伐《さつばつ》としているかと思いきや、雰囲気《ふんいき》は意外となごやかだ。すみっこでのんびり縄跳《なわと》びをするおじいちゃんを見ていると、人を倒《たお》すトレーニングをする場所とはあまり思えなかった。

「あっ、昨日のっ」

明るい声がして、振《ふ》りむくとジムの入口であの子が笑っていた。黒のスパッツと白無地のTシャツ姿《すがた》で、首筋《くびすじ》をタオルで拭《ふ》いている。

「きてくれたんだっ」

「昨日はいろいろ、ありがとうございました」

わたしは立ちあがり、深々と頭を下げた。買ってきたお菓子《かし》を差しだすと、

「いいよ、そんなのっ」

女の子は目を丸くした。

「それより、今日もやってくでしょ。よかったら、これ」

デスク端《はし》にあるスタッキングチェストから取りだしたのは、A5サイズの紙だった。一番上に、『一ヶ月無料体験レッスン申込書《もうしこみしょ》』と書いてある。

「え?」

「おためし期間中はジムに通い放題。必要なものはぜーんぶ、無料でレンタルできるよ。期間限定《げんてい》、女子限定《げんてい》の超《ちょう》お得《とく》なサービスです」

今度《こんど》はわたしが目を丸くする番だった。

「おとーさんっ」

女の子が事務室《じむしつ》に向かって叫《さけ》んだ。すると、さっきの男の人が、ドアからぬうっと顔を出した。わたしはたまげて二人を見《み》くらべた。どこをどう見ても、ぜんっぜん、似《に》ていなかった。

「わたしの分も、お茶っ」

「ええ?」

「お客さんに説明中だから、はやくっ」

「ほーい……」

男の人は面倒《めんどう》くさそうに事務室《じむしつ》にもどると、カップに入れたお茶を持ってきた。

「失礼のないようにな」

じろりとにらまれても、女の子は気にするふうもなく、サンキュー、と軽くいった。

「それで、体験レッスンの話ね」

「あ、あの、わたしっ、ジムに通う時間、なくて……」

「だいじょうぶっ。買い物帰りにちょっと寄《よ》って、サンドバッグを十分《じゅっぷん》叩《たた》くだけでもストレス解消《かいしょう》になるよ」

じゅっぷん？　まさか、と思った。

すると、その疑《うたが》いが通じたのか、ほんとだよ、と女の子はいった。自分の目標や練習時間に合わせて、ボクシングはいろんなトレーニングメニューが組めること、ほかのスポーツにくらべると練習はわりと短めであること、毎日十分《じゅっぷん》だけジムに来ている人が本当にいること。女の子は笑いながら説明してくれた。

「うーん」

わたしはうなった。十分《じゅっぷん》ならたしかに、できないこともないかもしれない。

「でも、お金が……」

「だいじょうぶっ。うちはレッスン料安いよー。十五歳《さい》以下の子は半額《はんがく》で、さらに女子は三割引《わりび》き。さらにさらに、今なら永年《えいねん》千円引きもつくので、ええと……」

女の子はスマホを出し、すばやく電卓《でんたく》アプリを操作《そうさ》した。

「月額《げつがく》、なんと千八百円っ。入会金なしっ」

ぐいぐい来られるのは、ほんとは苦手だ。でも、女の子の営業《えいぎょう》トークにいやな感じはまるでなかった。それに、千八百円はたしかに、ずいぶん安い気がする。お母さんから了解《りょうかい》をもらわなくても、ぎりぎり、おこづかいで払《はら》える範囲《はんい》だ。

だけど、ほんとにそれだけですむ？　グローブ代とか、ほかにもお金がかかるんじゃないの？　ああ、でも、お年玉貯金《ちょきん》がかなりたまっているから、それを崩《くず》せば
……って、何考えてんだ、わたしは。

あはは、と女の子が笑った。

「まあ、急に誘《さそ》われてもこまるよね。とにかく体験期間中はお金かかんないし、合

わなかったら途中《とちゅう》でやめてかまわないから。おうちでゆっくり考えてみて」

ほっとした。

わかりました、と申込書《もうしこみしょ》を受けとり、バッグにしまいこむ。よかった。この子のいうとおり、あとでゆっくり考えよう。そう思ったところで、ふと気づいた。家に持ち帰って、あとで考えて、なにが変わるんだろう。

お母さんはバレエ至上主義者《しじょうしゅぎしゃ》だ。バレエ以外のスポーツや習い事を一切認《いっさいみと》めてない。バドミントンでさえ、「そんなのやってなんになるの?」っていやな顔されたのに、ボクシングなんて許《ゆる》すわけない。

どう考えても無理な話だ。ゲームオーバー。いつもならこの場で断《ことわ》って、それで終わりのはずだった。なのに、揺《ゆ》れていた。目の前の女の子とボクシングに、わたしは強く魅《ひ》かれていた。しまいこんだ申込書《もうしこみしょ》を、わたしはもう一度引っぱりだした。

息を吸《す》って、吐《は》いて、こぶしをにぎる。

なるようになれ、と思った。

「体験レッスン、今、申しこみます」

「え、いま？」

女の子の声が大きくなった。

「どうぞどうぞっ」

ペンを受けとった瞬間《しゅんかん》、一気に鼓動《こどう》が速くなった。不安を押《お》しつぶすように、力をこめて申込書《もうしこみしょ》を記入していると、

「こころ……に、あい？」

横から女の子がきいてきた。

「名前、なんて読むの？」

「ここあです」

「ここあっ」

女の子が目をみはった。

「いい名前だね。わたしはこはく。桐野《きりの》こはく。よろしくね」

「あれ？　桐野《きりの》って……」

わたしは、『桐野《きりの》ボクシングジム』と書いてある入口の看板《かんばん》を見た。少し照れくさそうに桐野《きりの》さんが笑った。

「そう。ここ、父親がやってるジムなの」

指さした先の壁《かべ》には、ベルトを巻《ま》いた男女の写真が一枚《いちまい》ずつ飾《かざ》ってあった。片方《かたほう》はさっきの男の人――かなり前の写真だろうけど、桐野《きりの》さんのお父さんだ。

「すごい。世界チャンピオンだったの？」

「ううん。日本王者止まり。根性《こんじょう》だけが取《と》り柄《え》の、がちゃがちゃボクサー」

「でも、日本一なんでしょ？　すごいよ」

わたしはもう一枚《いちまい》の写真に目をうつした。金髪《きんぱつ》で、ベリーショートがよく似合《にあ》うきれいな人だ。その女子選手は、ベルトを二本も巻《ま》いていた。

「となりの人は……」

「ああ」

桐野《きりの》さんの声が急に暗くなった。

「そっちはまあ、世界獲《と》ったけど」

口元をゆがめて、吐《は》きすてるようにいう。

「人として、クソ」

それ以上は話したくない、という空気を感じて、わたしはだまった。

いかにも負けん気の強そうな、切れ長の目のその人の写真の下には、『桐野《きりの》レナ』と書いてあった。

その日から、わたしのボクシングライフがはじまった。

といっても、練習は買い物前に週三回、三十分と、土曜の午後に二時間のみだ。

放課後、四時前にジムに到着《とうちゃく》すると、

「お、来た来たっ」

たいてい、にこにこしながらこはくが待っている。こはくのことは桐野《きりの》さんと呼《よ》んでいたけど、そのたびに『『こはく』でいーって!』とキレ気味にいわれるので、すぐに下の名前で呼《よ》びあうようになった。

桐野《きりの》ボクシングジムには、選手を指導《しどう》するトレーナーが四人いる。でも、わたしのコーチはいつもこはくだ。

「心愛《ここあ》っ、あご引いて、あごっ」

「パンチ、押《お》しこもうとしないっ。すぐもどすっ」

「ジャブは小さく、速くっ。相手との距離《きょり》を測《はか》ったり、けん制《せい》したりするイメージで。ストレートは腰《こし》入れて、強く打ちぬくっ」

こはくは教えるのがうまかった。

ボクシングの基礎的《きそてき》なルールからバンデージの巻《ま》き方《かた》、ストレッチの仕方、グローブの構《かま》え方《かた》、パンチの打ち方、フットワークのやり方などなど、ほとんどつきっきりで教えてくれた。あまりにも親切なので、「自分の練習、大丈夫《だいじょうぶ》？」ときくと、

「時間ずらしてるから気にしないで」

こはくは笑った。

「夜やってるの？」

「ちがうよ。午前中に終わらせてる」

「え？　でも、学校は？」

「行ってない」

なんでもないことのようにいうので、びっくりした。

「いつから？」

「んー。夏休み前かな。たぶん、六月か七月」

なんで？　とききたくなったけど、のみこんだ。

はじめてジムに来た日、こはくはわたしが泣いていた理由を最後までききかなかった。あのとき、もししつこくきかれていたら、ここには来なかったかもしれない。人にはいろんなことがある。わたしにも、こはくにも。

わたしはボクシングにすぐにハマった。

三十分の練習じゃぜんぜん足りない。少しでも長くジムにいられるように、小さな工夫《くふう》を重ねるようになった。

まず、学校を出たらすぐダッシュだ。

それだけで、ジムまでの十五分は十分に縮《ちぢ》む。家事も工夫《くふう》した。夕食はなるべく作り置きできるものにし、トイレ掃除《そうじ》を二日に一回に減《へ》らした。夜はなんとなく見ていたテレビを消し、朝は三十分早起きして、勉強や家事をすませた。絶対《ぜったい》無理だと思ったけど、案外、時間はつくれるものだった。

やってみてわかったのは、ボクシングの基礎《きそ》トレーニングは、格闘技《かくとうぎ》というより純粋《じゅんすい》なスポーツということだ。身体を動かすことは気持ちがいいし、毎日汗《あせ》を流すとすっきりする。そして、サンドバッグを無心で叩《たた》いたあとの充実感《じゅうじつかん》は、今までどんなスポーツでも味わったことのない、特別なものだった。次のジムの時間が本当に待ち遠しかった。

とはいえ、いいことばかりじゃない。

一番の心配どころは、やっぱりお母さんだ。

無料体験は一ヶ月なので、そろそろ本申込《ほんもうしこみ》の紙を提出《ていしゅつ》しなくちゃいけない。申しこみは親の同意が必要で、お母さんをどう説得《せっとく》するか、本当に悩《なや》みの種だった。

以前、不良の男の子を集めてボクサーにする、という番組がたまたまテレビで流れたとき、ゴミでも見るように眺《なが》めていたお母さんの目が忘《わす》れられない。お母さんは格闘技《かくとうぎ》も不良も大嫌《だいきら》いだ。自分の娘《むすめ》がボクシングをしていると知ったら、泡《あわ》を吹《ふ》いて倒《たお》れるかもしれない。

一ヶ月間、さんざん悩《なや》んで、わたしは親の同意のサインを自分で書いて提出《ていしゅつ》した。ジム通いを完璧《かんぺき》に隠《いん》ぺいするために、細心の注意を払《はら》う覚悟《かくご》を決めた。

洗濯《せんたく》はわたしの担当《たんとう》なので、こっそりバンデージを手洗《てあら》いするくらいは問題ない。ジムの日に持っていくトレーニング用の服も、「創作《そうさく》ダンスの授業《じゅぎょう》でグループ練習してるから」とごまかした。ばれるかな、とひやひやしたけど、野村《のむら》さんとの交際《こうさい》が順調らしいお母さんはどこか浮《うわ》ついた感じで、あっさり信じた。

ところが本申込《ほんもうしこみ》をして間もなく、事件《じけん》が起きた。夜、お風呂《ふろ》に入ろうとしたわたしは、リビングを出たところでお母さんに呼《よ》びとめられた。お母さんは丸めた状態《じょうたい》のバンデージをてのひらに載《の》せて、不思議そうに眺《なが》めていた。

「心愛《ここあ》ー、この包帯、なに？」

「あっ、それは……」

血の気が引いた。スウェットのポケットから、うっかり転がり落ちたようだった。

「ケガでもした？　足？」

背中《せなか》がすうっと冷たくなる。

「ちょっと……膝《ひざ》、痛《いた》くて。サポーターがわりに使ってるの」

お母さんが首をかしげた。

「テーピング用のテープ、うちにあるでしょ。なんでそっち使わないの？」

「ええと。使ったら、肌《はだ》、かぶれちゃったの。それ、クラスの子がくれたんだよ。ほら、あの、ダンスのグループがいっしょの子」

しどろもどろの、へたなウソだと自分でも思った。

「ふうん」

案の定、お母さんは腑《ふ》に落ちない感じで、しげしげとバンデージを眺《なが》めまわした。心臓《しんぞう》が飛びだしそうだった。もうだめだ、と覚悟《かくご》した瞬間《しゅんかん》、

「痛《いた》いの続くようだったら、ちゃんと病院行くのよ」

どういうわけか、お母さんはにっこり笑ってバンデージを返してくれた。

「わかってる。ありがと」

受けとった瞬間《しゅんかん》、身体じゅうの力が抜《ぬ》けた。にぎりしめたバンデージが濡《ぬ》れそうになるくらい、てのひらにぐっしょり汗《あせ》をかいていた。

ジムに通っているうちに、こはくがどんな子なのか少しずつわかってきた。

まず、口が悪い。

ジム内は年上ばかりだけど、こはくがちゃんと敬語《けいご》を使っているところをわたしは見たことがない。三歳《さい》からボクシングを始めたこはくは、すでに競技歴《きょうぎれき》十年だ。大人のレッスン生に対しても容赦《ようしゃ》なかった。

「近藤《こんどう》さん、ガード上げてっ。右の打ちおわり、また下がってるっ」

「井上《いのうえ》さん、腰《こし》入ってない。手打ちだよ、それっ」

「大木《おおき》さん、休むなっ。腹《はら》引っこめたいなら、ねばれっ」

大人に対してその調子だから、数人いる小学生のちびっこ相手だと言葉はさらにきつくなる。

「だいちっ、気合足んねーぞ。いくら技術《ぎじゅつ》あっても、最後は気持ちだ、気持ちっ」

「しょうたっ、そんなんで全国とか、寝言《ねごと》いってんじゃねーぞっ」

「ごうっ、逃《に》げんなっ。手ぇ出せっ。[redacted]す気でいけっ」

そんなことといっていいのかと、ときどき心配になるくらい、凶悪《きょうあく》な言葉がぽんぽん飛ぶ。なかでも一番きつく当たられていた人は、まちがいなくジムの会長こと、こはくのお父さんだ。お茶だの、マッサージだの、パソコンの調子が悪いだの、こはくから召使《めしつか》いのようにこき使われていた。

「一人娘《ひとりむすめ》な分、つい甘《あま》くなってしまって」

ある日の練習後、会長は恥《は》ずかしそうに笑った。

あがり症《しょう》の会長は、初対面の相手だと緊張《きんちょう》して顔が鬼《おに》のようにこわばってしまう。自分でも外見がこわいことは承知《しょうち》していて、せめてやわらかい雰囲気《ふんいき》をだそうと、だれに対してもいつも敬語《けいご》だった。

「親子、仲良しでいいですね」

わたしがいうと、まんざらでもなさそうに、いやいやそんな、とほおをゆるめた。

会長とこはくは、まるで似《に》ていない。けれど、やっぱりどこか共通した雰囲気《ふんいき》がある。たとえば、大人からも小学生からも、ふたりはとても好かれていた。

そう、あちこちでひどい口の利《き》き方《かた》をしているのに、こはくはジムのなかで一番の人気者だった。とくに、低学年のちびっこにはよくなつかれて、お手紙やらおみやげやらをしょっちゅうもらっていた。

いくらきついことをいっても、こはくの場合、いいね！　の一言とあの笑顔《えがお》で、すべて帳消しになる。どこにいても、なにをしていても、いつのまにか人の輪ができている。ぱちぱち燃《も》えて、人をひきつけて、たき火みたいな子だな、と思った。

そして、なんとなく予想はしていたけど、こはくはおそろしく強かった。

わたしが度肝《どぎも》を抜《ぬ》かれたのは、一月最初の土曜の午後だった。

「そーだ、心愛《ここあ》」

練習前、いつものようにストレッチをしていると、ふと思いだした、というように、こはくがいった。

「わたし、今日スパーやるけど、見る？」

スパーはスパーリングの略《りゃく》だ。グローブとヘッドギアをつけ、リング上で試合と同じように打ちあう練習で、それくらいはわたしも理解《りかい》できるようになっていた。

「見たいっ。だれとやるの？」

「萩原《はぎわら》って子。ほかのジムの選手なんだけど、まあ、胸貸《むねか》してやろうかなと」

こはくがほかの選手と打ちあう姿《すがた》を見るのははじめてだ。血の流れがぎゅん、と速くなる。わたしのわくわくが伝わったのか、こはくは笑顔《えがお》になった。

「早く終わらせすぎないように、気をつけなきゃ」

一時間後、付《つ》き添《そ》いの人とジムにやって来た選手は、どう見ても男の子だった。

「よろしくお願いします」

礼儀正《れいぎただ》しく、その選手はジムの入口で一礼して入ってきた。細身で、手足が長くて、よく日に焼けたひきしまった顔をしている。こはくがにやにや、笑いながら近づいていった。

「ハギ、ひさしぶりじゃん。また泣かされに来たの？」

「だれが泣くかよ。ふざけんな」

こはくによると、萩原《はぎわら》くんはわたしたちと同じ中学一年生で、正真正銘《しょうしんしょうめい》、男子の選手だという。背《せ》はこはくより少し高く、階級もひとつ上になるそうだ。大丈夫《だいじょうぶ》なの？　ときくと、こはくは笑った。

「ぜーんぜん。女子じゃ、相手になんないし」

ほんとかな、と心配しているうちに準備《じゅんび》が終わり、会長立ち会いのもと、スパーリングがはじまった。

最初は萩原《はぎわら》くんが攻《せ》めていた。

細かくジャブを散らし、ステップを踏《ふ》みながら、ときおり飛びこむように強い右を打ちこんでいく。動きが速い。こはくはガードを固めて、上半身をそらしたり、横にずれたりしながらパンチをかわしていた。攻《せ》めあぐねているのかな、とはらはらしていると、ラスト三十秒っ、と声がかかった瞬間《しゅんかん》、動きが変わった。

ギアが一段《いちだん》上がった感じだった。

こはくの手数が急激《きゅうげき》に増《ふ》えた。萩原《はぎわら》くんもパンチを返していたけど、完全に押《お》されはじめた。手が出なくなり、ガード一辺倒《いっぺんとう》になり、とうとうロープ際《ぎわ》まで追いつめられた。

「萩原《はぎわら》、前出ろっ」

付き添《つそ》いの人の声がして、萩原《はぎわら》くんが右を出した瞬間《しゅんかん》だった。狙《ねら》いすましたように、こはくの左が萩原《はぎわら》くんのこめかみをとらえた。腕《うで》が交差して、一瞬《いっしゅん》、相打ちに見えた。でも、萩原《はぎわら》くんのこぶしは届《とど》いてない。こはくが距離《きょり》を取る。萩原《はぎわら》くんの身体が揺《ゆ》れる。ゆっくりと、崩《くず》れるように膝《ひざ》をついた。

「ダウンっ」

審判役《しんぱんやく》のトレーナーが叫《さけ》んだ。くやしそうにひとつ、萩原《はぎわら》くんがマットを叩《たた》く。息を大きく吐《は》いて、すぐに立ちあがった。

そのあとのこはくは、軽く流しているようだった。残りの時間も、次のラウンドも、危《あぶ》ない場面はひとつもなかった。

「萩原《はぎわら》くんて、どんな選手なんですか？」

あまりの力の差に、となりに立っていた会長にわたしはきいた。

「全国大会の常連《じょうれん》選手です」

ウソでしょ、と思った。

「基本《きほん》に忠実《ちゅうじつ》で、スピードもガッツもある。でも、こはくと打ちあうと……。同年代だと、男子でもこはくとまともに打ちあえる選手は少ないです」

わたしはリングの上を見つめた。萩原《はぎわら》くんは完全に息が上がっていた。こはくは余裕《よゆう》だ。相手をケガさせないよう、手加減《てかげん》しているようにさえ見えた。

ゴングが鳴り、三ラウンド六分が終わった。

「ナイスファイトっ」

ほおをうっすらピンクに染《そ》めて、こはくが笑顔《えがお》で声をかけた。肩《かた》で息をしながら、萩原《はぎわら》くんもあきれたように笑う。

「やっぱ、つえーな、おまえ」

笑顔《えがお》で言葉をかわす二人は、とてもかっこよかった。

いつかわたしも、リングに立てたら。

そして、ふたりみたいに、笑って健闘《けんとう》をたたえあえたら。

そんなことを、はじめて思った。

ボクシングをはじめて、わたしの世界がひとつ増《ふ》えた。

学校と、家と、ジム。

ジムの時間はわたしだけが知っている特別な時間だ。だから、ボクシングのことはだれにもいわずに秘密《ひみつ》にしておくつもりだった。なのに、一月中旬《ちゅうじゅん》の休み時間、

「心愛《ここあ》、ボクシングやってるの？」

教室でいきなり杏《あん》にきかれて、わたしは卒倒《そっとう》しそうになった。グループの子の視《し》線《せん》が、いっせいにわたしに突《つ》きささった。

「え、なんで？」

最初はとぼけようかと思った。けれど、すぐに無理だとわかる。

「桐野《きりの》ボクシングジムって、あの新しいとこでしょ、駅の近くの」

びくり、と身体がこわばった。どうやらすでに、杏《あん》は相当くわしい情報《じょうほう》を知っているみたいだ。なんで知ってるの？　とため息まじりにたずねると、えへへへへ、と杏《あん》は笑った。

「お父さんに聞いたの。ジムに、山内《やまうち》さんっているでしょ？　その人、お父さんの会社の後輩《こうはい》なの」

思わず舌打《したう》ちしそうになる。

たしかに最近、ジムに通っている山内《やまうち》さんというおじさんと、ちょっとだけ話した。女の子がボクシングなんてすごいねえ、とか、どこの中学校なの、とか、練習の合間に話しかけてきたので、適当《てきとう》にこたえた。まさか、あの程度《ていど》のおしゃべりで、杏《あん》に話が伝わるなんて。

「わたしと同じ中学の子だっていうし、だれ？　ってきいたら、立川《たちかわ》さんて子だって。わたし、もー、びっくりしちゃって」

杏《あん》はなんの悪気もない感じで、ぺらぺらしゃべった。顔が熱い。やめてよ。わたしのことなんて話題にしないで。

杏《あん》に合わせて、ほかの子もみんな、すごーい、とか、ボクシングっ、とか、大げさに騒《さわ》ぎはじめた。でも、いつもまわりに合わせてばかりのわたしには、どの顔もみんな、本音を隠《かく》してるように見える。杏《あん》が意見を変えたら、一気に風向きが変わってしまいそうで、こわかった。

「ボクシングって、顔とかも叩《たた》かれるんでしょ？　あぶなくないの？」

にこにこしながら、杏《あん》は質問《しつもん》を続けた。

「うまくなるまでは基礎練習《きそれんしゅう》が中心だし、試合もヘッドギアつけるから」

「すごーい。わたしはムリ。痛《いた》いの、にがてー」

杏《あん》の大げさな言葉に、わたしは作り笑いでこたえた。

「心愛《ここあ》、応援《おうえん》してるよ。めざせ、世界チャンピオンっ」

ようやくわたしの話が終わると、杏《あん》はにこにこしながら、D組のなんとかって子がE組の男子と付きあって三日で別れたとか、C組のだれかがいじめで不登校になったとか、相変わらずダークなネタを披露《ひろう》して、みんなで笑い飛ばしはじめた。

そんな様子を見ていると、いつもこわくなる。自分も知らないところでネタにされている気がして、落ちつかなくなる。杏《あん》はにこにこしていても、どこかこわい。ほんとの気持ちがどこにあるのか、わたしにはちっともわからない。

杏《あん》とはじめて話したのは、四月、中学に入学して間もないころのバス遠足だった。

行先はキャンプ施設《しせつ》がある山奥《やまおく》の渓流《けいりゅう》で、入学後のスタートダッシュに失敗したわたしは、その日、本当にどこにも居場所《いばしょ》がなかった。おまけに、靴《くつ》ずれでかかとがおそろしく痛《いた》かった。「絶対《ぜったい》かわいいから」とお母さんが選んでくれたコンバースのワンスターは、たしかにデザインはいいけれど足に合わず、履《は》いてきたことを猛烈《もうれつ》に後悔《こうかい》していた。

当然、お昼ごはんの時間もひとりだった。なるべく、人けのないところで食べようと思い、川沿《かわぞ》いをぶらぶら歩いていると、ふと目についた子がいた。杏《あん》だ。

アークテリクスのリュックを背負《せお》った杏《あん》は、わたしと同じように、つまらなそうにひとりでぶらぶらしていた。そして、杏《あん》もまたその日、コンバースのワンスターを履《は》いていることにわたしは気づいた。こっちは白のベルクロで、杏《あん》は黒ベースのひもタイプだったけど、星のマークはどっちもピンクだった。

一目見た瞬間《しゅんかん》、ため息がでた。杏《あん》の清楚《せいそ》でかわいらしい雰囲気《ふんいき》と、黒×ピンクのワンスターは、あまりにもよく似合《にあ》っていた。そうだよね、と思った。このスニーカーが似合《にあ》うのは、杏《あん》みたいに本当にかわいい子だ。同じ靴《くつ》を履《は》いている自分が、なんだか急に恥《は》ずかしくなった。

そのとき、杏《あん》が顔をあげた。

視線《しせん》が合った瞬間《しゅんかん》、はっとしたように目をみひらいた。わたしはあせった。あせって、しどろもどろになりながら、

「ワ、ワン、ワンスター、いいよね。その色、すごい似合《にあ》ってる」

犬みたいなしゃべり方だ、と思いながら、早口にいった。すると、元から大きい杏《あん》の目はさらに広がり、それから、一気にすうっと細くなって、笑《え》みがこぼれた。

「ありがとー。おそろいだねー」

杏《あん》に誘《さそ》われて、わたしたちはふたりでお弁当《べんとう》を食べた。

華《はな》やかでよく目立つ杏《あん》のことを、わたしは完全に別世界の人だと思っていた。でも、話してみるととても楽しかった。杏《あん》はにこにこ感じが良くて、わたしの髪型《かみがた》や持ち物のセンスをたくさんほめてくれた。

「引っこしてきたばっかで、わたし、ぜんぜん知ってる子いないんだ」

「そうなの？　おうち、どこ？」

「駅の近くのマンションなんだけど。ハイヒルズってわかる？」

わたしはちょっとびっくりした。できたばかりのその高層《こうそう》マンションは、一階に

おしゃれなフランス料理店が入っていて、わたしとお母さんのあいだでよく話題になっていたからだ。杏《あん》はなにひとつ欠点のない透《す》きとおった笑顔《えがお》で、今度遊びに来てー、といった。

あの日、たしかに、杏《あん》はわたしと同じようにひとりだった。もしかしたら、いい友だちになれるかな、という予感もあった。でも、わたしといっしょだったのは結局、スニーカーだけだ。

杏《あん》にはいつのまにかたくさん友だちができて、わたしはそのはしっこに置いてもらっているだけ。ワンスターのスニーカーは、なんとなく気後《きおく》れしてしまって、学校には履《は》いていかなくなった。

あの日、親しくなったことが本当によかったのか、今はよくわからない。

杏《あん》にくらべたら、こはくといる時間ははるかに楽で、楽しい。

こはくはよく笑うし、よく怒《おこ》る。そして、笑うときは本当に笑っているし、怒《おこ》るときも本当に怒《おこ》っている。言葉づかいはちょっと乱暴《らんぼう》でも、いつもシンプルで裏表《うらおもて》がなかった。

ある日の夕方、いつものように学校帰りにジムに行くと、

「ふざけんなっ」

なかに入るなり、こはくの叫《さけ》び声《ごえ》が耳に飛びこんできた。

「だからいやなんだよ。ほんっと毎回、なんでこうなるの？」

いったい何ごとかと目を向けると、トレーニング姿《すがた》のこはくと会長が、リング脇《わき》で向きあって立っていた。一瞬《いっしゅん》、親子ゲンカかと思った。でも、顔を真っ赤にして、目を吊《つ》りあげているのはこはくだけだ。会長は微妙《びみょう》に笑いながら、こはくをなだめているようだった。

「どうしたんですか？」

「ああ、立川《たちかわ》さん」

会長が笑った。

「こはくがスポーツ雑誌《ざっし》に載《の》ったんです」

「え？　すごいっ」

「すごくないよ。これ見てよ」

声に怒《いか》りをにじませて、ずい、とこはくが雑誌《ざっし》を突《つ》きだしてきた。

付箋《ふせん》がついたページには、『百花繚乱《ひゃっかりょうらん》　金の卵《たまご》たち―ボクシング女子新時代』という見出しがついている。十代の女子選手を特集した記事らしかった。高校生からはじまって、わたしたちと同じ年代のＵＪ（アンダージュニア）の選手が二人続き、こはくは三番目に取りあげられていた。

一目見て、わたしはこはくが怒《おこ》っている理由がわかった。写真だ。右側のページのまんなかに、リングに仁王立《におうだ》ちしたこはくの写真が大きく載《の》っている。こはくは実に不機嫌《ふきげん》そうに正面をにらみつけていた。なぜか髪《かみ》がくしゃくしゃだ。どうしてこんな写真を、と思うほど、おそろしく映《うつ》りの悪い写真だった。

「これは……ひどいね。なんでこんな写真使ったんだろ」

「写真はどうでもいいよ。ここだよ」

こはくが指さしたのは、『天才美少女対決』という文字だった。

「それから、ここも」

今度は『かわいらしい外見とは裏腹《うらはら》に』と書いてある。

「女子に美少女とかかわいいっていっときゃ、なんでもありがたがると思ってんだよ。なんだこの『つよかわ女子』って。頭に虫わいてんのか、あいつら」

あー、はらたつっ、と叫《さけ》び、こはくはサンドバッグの方に向かった。背中《せなか》から湯気が立つようだ。わたしがあっけにとられていると、

「いっつもこうなんです」

会長が苦笑いを浮《う》かべた。

「こはく、取材嫌《ぎら》いでね。記事が載《の》ったあとは、だいたいこうなる」

「かわいい、って言葉がダメなんですか？」

「ダメというか……外見はボクシングに関係ない、って考えなんです。ボクシングにかぎらず、いまだに女子のスポーツ選手は外見を注目されることが多いでしょ？ほとんどの選手は受けながしているんだろうけど、こはくはそれが許《ゆる》せない」

会長の話では、取材中は笑顔《えがお》を封印《ふういん》したり、わざと髪型《かみがた》を乱《みだ》してみたり、こはくなりに外見に目が向かないよう抵抗《ていこう》しているという。でも、結局掲載《けいさい》された記事には、「かわいい」とか「美少女」という言葉が躍《おど》っている。

「女子ボクシングはマイナーだし、メディアが取りあげるだけでありがたい、って人もいます。こはくも、もっと競技《きょうぎ》が注目されてほしいって気持ちはあるから取材を受けてるんですけど……まあ、悩《なや》ましい問題です」

わたしはもう一度雑誌《ざっし》に目を向けた。よく見ると、たしかに、ぱっと見てきれいな選手には容姿《ようし》をほめるような言葉が多い。

こはくのとなりのページに載《の》っている選手もそうだ。

去年の八月に開かれたUJ王座《おうざ》決定戦でチャンピオンになった子で、ウクライナから東京に避難《ひなん》してきた氷の女王と書いてある。戦慄《せんりつ》の美少女という異名《いみょう》もついていて、何が戦慄《せんりつ》なのかよくわからないけど、金色の髪《かみ》に灰色《はいいろ》の瞳《ひとみ》は、たしかに人目を引く整った顔立ちをしていた。

「ウクライナってボクシング強いんですか？」

「強豪国《きょうごうこく》のひとつです。むかしからアマチュアボクシングが盛《さか》んで、有名な世界チャンピオンもごろごろしてます」

「これ、この特集記事、スマホで撮《と》ってもいいですか？」

「もちろん。ご自由に」

あとでゆっくり読もう、と思い、わたしは写真を撮《と》った。

窓際《まどぎわ》を見ると、こはくはわき目もふらずにサンドバッグを打っていた。

近づいてみると、取材に来たらしい記者の名刺《めいし》がサンドバッグの上にテープで貼《は》ってあった。頭に血が上っているはずなのに、こはくの動きは相変わらず力みがない。パンチは正確《せいかく》で、ステップはどこまでも軽《かろ》やかだ。

わたしはぼんやりとこはくを見つめた。

そして、スマホで写したばかりの雑誌《ざっし》記事を見た。

ひどい写真の左下には、もう一枚《いちまい》、練習中のこはくを映《うつ》した写真が載《の》っている。窓際《まどぎわ》の淡《あわ》い光のなかで、ひとり、サンドバッグを打つ姿《すがた》だ。その横顔は、こはくにいうと絶対《ぜったい》にいやがるだろうけど、うっとりと息をのむくらい、本当にきれいだった。

夕方、家にもどると、めずらしくお母さんの方が帰りが早かった。リビングのソファーに腰《こし》かけて、お母さんはいらいらした声で電話中だった。

「だから、わかってるから」

「元気、元気。心愛《ここあ》もわたしも元気にやってるって」

「え？　今は無理。仕事忙《いそが》しいし、そんな時間ないから」

電話の相手はなんとなく見当がつく。最後、無理やりのように通話を終わらせたお母さんに、わたしはそっとたずねた。

「おばあちゃん？」

ソファーに座《すわ》ったまま、ふー、と息をついて、お母さんはうなずいた。

「いつもの話よ。帰ってこいって」

おじいちゃんとおばあちゃんは、群馬の前橋に住んでいる。ふたりとも七十歳《さい》を過《す》ぎているけど、とても元気だ。マンションをいくつも経営《けいえい》しているおじいちゃんは、お母さんと顔を合わせるたびに「こっち来て暮《く》らせ」っていうけど、お母さんは一切《いっさい》、聞く気がない。

「あんた、どうする？　おばあちゃんとこ行って、群馬で暮《く》らす？」

どきり、と胸《むね》が鳴った。同時に、かすかに歯が痛《いた》む。

前は転校なんて絶対《ぜったい》いやだったけど、今はちがう。おじいちゃんもおばあちゃんも、むかしからすごくわたしのことをかわいがってくれるし、お母さんの負担《ふたん》が軽くなるなら、行ってもいいような気もする。ただ、そうなるとボクシングはできなくなるわけで……と考えたところで、

「なーんてね」

お母さんは笑った。

「冗談《じょうだん》よ。今さら実家なんか、帰る気ないわよ」

そうだよね、とうつむいた。ほっとしたような、残念なような、よくわからない気持ちで目を閉《と》じる。

どっちにしても、どこに住むかなんて、わたしには決める権利《けんり》がない。


夜、ふたりで遅《おそ》めの夕食をとったあと、わたしは部屋でこはくの記事を読んだ。三歳《さい》でボクシングをはじめたこと。お父さんが元日本チャンピオンで、親の方針《ほうしん》で小学校卒業までは大きな大会に出場していないこと。にもかかわらず、実力はすでに他のジムや関係者のあいだで評判《ひょうばん》になっていること。

ほとんど知っている内容《ないよう》だったものの、知らない話もあった。

たとえば、こはくのお母さんは元世界チャンピオンの桐野《きりの》レナさんだということ。薄々《うすうす》そうかなとは思っていたけど、ボクシング一家に生まれたこはくは、小さいころから神童として、業界ではわりと有名な存在《そんざい》らしかった。

なるほどなあ、とわたしは感心した。

どうりであんなに強いわけだ。ただ、世界王者のＤＮＡがどうとか、ボクシング界のサラブレッドとか、そういう言葉が並《なら》んでいるのを見ると、頭のなかにクエスチョンマークが湧《わ》いてくる。

この記事を書いた記者の人は、こはくが毎朝四時半に起きて、十キロ走っていることを知ってるんだろうか。ジムでの練習のほかに、週一回、一時間かけて高校の強豪《きょうごう》ボクシング部で指導《しどう》を受けていることや、力の使い方を学ぶためにひそかに合気道を研究していることをどう思っているんだろう。素質《そしつ》にも、環境《かんきょう》にもめぐまれているのはたしかかもしれない。でも、あのとてつもない強さは、まちがいなくこはくの意志《いし》と努力で磨《みが》かれたものなのに。

記事によると、こはくの今の最大の目標は、来年の夏にあるＵＪの全国大会を制《せい》覇《は》することだという。ただ、同い年の現《げん》ＵＪ王者・ユリア・アレクタ選手がひとつ階級を上げた場合、東京予選でいきなり二人がぶつかる。天才美少女対決の可能性《かのうせい》に関係者は注目している、と書いてあった。

わたしはユリア選手の写真を見つめた。

氷の女王、という異名《いみょう》も強そうだし、射《い》るようにこちらを見つめる瞳《ひとみ》には、こわいくらい迫力《はくりょく》がある。でも、それでもこはくが負けるところは想像《そうぞう》できない。だれが相手でも圧倒《あっとう》して、ちょっと上からの感じで、笑ってコメントしている姿《すがた》しかイメージできなかった。

ボクシングを始めてから、今までのわたしにはまったく縁《えん》のなかった情報《じょうほう》がどんどん入ってくる。知識《ちしき》が深まり、練習できることがひとつ増《ふ》えるたび、自分の世界が大きく外に広がっていくような気がした。

なにより、こはくといっしょにいるのは楽しい。

ジムにいるあいだだけは、野村《のむら》さんのことも、学校のことも、頭から完全に消えていた。もっとボクシングに時間をかけるために、わたしは家事の効率《こうりつ》と処理速度《しょりそくど》をさらに上げていった。


「ほんと、助かるわあ」

二月上旬《じょうじゅん》の木曜日、わたしが寝《ね》る直前に仕事から帰ってきたお母さんは、笑顔《えがお》でほめてきた。

「心愛《ここあ》、最近なんでもやってくれるから」

そんなことないよ、といったものの、ここ二週間、たしかにわたしはお母さんが担当《たんとう》するはずの家事をちょこちょこ引きうけていた。押《お》しつけられたというよりは、時間が余《あま》ったのでこなしただけだ。家事の量が増《ふ》えても、不思議なことにつかれは前より軽かった。

お母さんは最近、仕事も恋愛《れんあい》も好調らしく、機嫌《きげん》がいい。

こういう機嫌《きげん》がいいときこそ飛びだしてくるのが食事会の誘《さそ》いで、今回もあやしいぞ、と警戒《けいかい》していたものの、野村《のむら》さんの話はとくに出なかった。かわりに、

「これ、職場《しょくば》の人にもらったんだけど」

お母さんは先週封切《ふうきり》になったばかりの、わたしが見たかった映画《えいが》のチケットをとりだした。きれいな映像《えいぞう》と繊細《せんさい》なストーリーが売りの、新進気鋭《しんしんきえい》のアニメーション監督《かんとく》の新作だ。

「あんた、この監督《かんとく》、好きだったでしょ？　二枚《にまい》あるから、お友だちと行ってきたら？」

「いいの？」

もちろん、とお母さんはうなずいた。

「ありがとう」

真っ先に頭に浮《う》かんだ相手は柚葉《ゆずは》だった。

少し前に、柚葉《ゆずは》は長崎《ながさき》くんと付きあっていることをＬＩＮＥで教えてくれた。さびしい気はしたけど、だれがどう見てもふたりはお似合《にあ》いだ。わたしが応援《おうえん》しなくてどうする――と心で叫《さけ》びながら、毎日やけくそ気味にサンドバッグを叩《たた》いているうちに、どうにか吹《ふ》っきれた。

柚葉《ゆずは》に声をかけてみようかな。

そう思った瞬間《しゅんかん》、突然《とつぜん》、耳の奥《おく》で、いいねっ、とこはくの声が聞こえた。

こはくを映画《えいが》に誘《さそ》う？

心臓《しんぞう》がひとつ、小さく跳《は》ねた。無理無理、来ないに決まってる。ボクシングに夢中《むちゅう》で、映画《えいが》なんかきっと興味《きょうみ》がないもの。

でも、ほんとにそうなの？

わたしは、ジムの外のこはくをほとんど知らない。ふだんどんな生活をして、ボクシング以外に何が好きで、何が嫌《きら》いか、知っているようでよくわからなかった。

もっとこはくと仲良くなりたい。

誘《さそ》って断《ことわ》られても、それだけのことだ。大したことじゃない。

大したことないってわかってるのに、考えれば考えるほど、胸《むね》がどきどきした。

次の日、ジムでの練習が終わったあと、

「ねえ、こはく」

わたしは思いきって声をかけてみた。

「今度いっしょに、映画《えいが》行かない？」

「映画《えいが》？」

こはくの目がかすかに大きくなった。

「お母さんからチケットもらったの。だから、もし、時間あったらだけど……」

「なんの映画《えいが》？」

「あの、アニメなんだけど」

いった瞬間《しゅんかん》、顔が熱くなった。ただの子ども向けのアニメじゃない。映像《えいぞう》がすごくきれいな、人気の監督《かんとく》の作品ということを、わたしはしどろもどろに説明した。

「いいねっ。行きたいっ」

こはくが笑った。

あんまりあっさりOKをもらったので、一瞬《いっしゅん》、頭が真っ白になった。胸《むね》の奥《おく》がゆっくりとあたたかくなる。心臓《しんぞう》の音がやけに大きく聞こえて、気がつくとふたり、声を出して笑っていた。

さっそく、わたしたちは明日の一時に、駅前の広場で待ちあわせることにした。LINEを交換《こうかん》してジムを出たあと、歩きながら小さくガッツポーズした。じっとしていられなくて、スーパーまで全力で走った。冬なのに、身体が熱くて仕方ない。ほおにあたる風が気持ちよかった。

このまま、北海道までだって走っていけるような気がした。

次の日は、朝から空がすっきりと青かった。

二月の風はびっくりするほど冷たかったけど、ちっとも気にならない。ただ、少し眠《ねむ》いだけだ。目がさえて、昨夜はあまり眠《ねむ》れなかった。

待ちあわせの十分前に駅前広場に行くと、すでにこはくは待っていた。隅《すみ》にあるへんな馬の銅像《どうぞう》の台座《だいざ》によりかかり、黒いヘッドホンを耳に当てている。横まで行って、こはく、と呼《よ》びかけると、ようやく気づいた。

こはくは目をみひらいた。

そして、めずらしいツボでも見るように、はー、といいながらわたしを眺《なが》めた。

「心愛《ここあ》……めっちゃ、おしゃれっ」

「そんなことないよっ」

わたしはあわてて首を振《ふ》った。実際《じっさい》、白ニットのワンピースにピンクのロングコートを着ているだけで、ぜんぜん大した格好《かっこう》じゃない。こはくはいつもの黒のトレーニングパンツに、黒のキャップと白いダウンを合わせただけだった。なのに、かっこいい。こはくの方がよっぽど大人っぽくて、おしゃれに見えた。

こはくが首をひねり、まだしげしげと見つめてくるので、わたしは恥《は》ずかしくなった。手を引いて、いこ、と笑いながら改札に向かった。

映画《えいが》はとても面白《おもしろ》かった。

ストーリーはもちろんだけど、しーんとした場面でいきなり大きな音が出たり、思わぬタイミングで物陰《ものかげ》から敵《てき》が襲《おそ》ってきたり、そのたびにこはくの身体がびくっ、と動くので、途中《とちゅう》で何度も笑いそうになった。

映画館《えいがかん》を出たあと、ほんとは雑誌《ざっし》に出ていたクレープ屋さんに誘《さそ》う予定だった。柚葉《ゆずは》たちと行ったことのある場所だ。でも、ふと気づいた。こはくはボクサーだ。甘《あま》いものの制限《せいげん》とか、あったらどうしよう。わたしがまごまごしていると、

「マックいこ、マック」

こはくが力強くいった。

「お昼、食べそこなっちゃって。はら減《へ》って死にそう」

マック？

わたしが目をみはると、もう一度、マックっ、とこはくは目を輝《かがや》かせた。

近くのお店に入ると、こはくはてりやきバーガーのセットを頼《たの》んだ。わたしはホットティーとアップルパイだ。ポテトうまっ！　といいながら、こはくはすごいスピードでコーラを飲み、ハンバーガーを平らげていく。

「ファストフード、食べてもいいの？」

あまりに見事な食べっぷりにたずねると、こはくは、へへっ、と笑った。

「たまーにだったらね。父親は、まあ、いい顔しないだろうけど」

おいしそうにどんどんものを食べるこはくを見るのは楽しかった。しばらくふた

りで映画《えいが》の感想を話していると、それにしてもさ、とこはくがいった。

「心愛《ここあ》とアニメって、なんか意外。恋愛《れんあい》ものとか、そういうのしか興味《きょうみ》ないのかと思った」

「え？　なんで恋愛《れんあい》？」

「なんか、好きそーじゃん。おしゃれだし」

「おしゃれ？」

「今日もほら、ひらひらーって、きれいな服着てるでしょ。髪型《かみがた》もかわいーし。わたしはそういうの、だめだから。ジャージ族だから」

「なに、ジャージ族って？」

「いっつもジャージ着てる人種のこと。ジムでもジャージ、家でもジャージ、街に出てもジャージ。おしゃれなんてせいぜい、アディダスかプーマかで悩《なや》むくらいよ。たぶんわたしは、死ぬときもジャージだよ」

「なにそれっ」

わたしは笑った。こはくも笑って、それからふと、真面目な顔をした。

「心愛《ここあ》、今日、楽しかった？」

「え？」

へんな質問《しつもん》だった。

「なにそれ？　もちろん、ものすごく楽しかったけど」

「そっか」

ほっとしたように、こはくは息をついた。

「なら、よかった」

「なんで？　こはくは楽しくなかったの」

こはくはぶんぶん頭を振《ふ》った。

「そうじゃなくて、心愛《ここあ》、おしゃれだし、きれいだし。わたしはほら、がさつだから。いっしょに遊んでもつまんないんじゃないかと思ってさ。あのね、わたし、願かけてたんだよね」

「がん？」

「心愛《ここあ》、ずーっと、外から見てたでしょ、ジムのなか」

「え」

恥《は》ずかしさが爆発《ばくはつ》した。

「気づいてたの？」

「そりゃあ気づくよー。ほとんど毎日来てんだもん」

こはくは笑った。

「最初はね、おしゃれできれいな子が、動物園のクマでも見る感覚で来てるのかと思ったの。どう見ても、ボクシングなんか興味《きょうみ》なさそうだったし。だけど、何度も何度も、雨の日も暑い日も来るし、だんだん気になってきたんだよね。あの子、どんな子なのかなって。でも、へたに声かけたら逃《に》げられそうだし、なんかきっかけが起きますように、って願ってたら、あの日……」

頭のなかに、あの日の光景がよみがえった。泣いていたわたしを追いかけてきたこはく。転んだわたしにまっすぐにのびてきた、力強いてのひら。あのあたたかい感触《かんしょく》を、今、はっきりと手のなかに感じた。

「だから、なんかこうやって、ふたりでふつうにしゃべってるの、うれしいんだ」

こはくがほおをうっすら赤く染《そ》めて、ちょっと照れくさそうに笑った。はじめて見た、こはくのこんな表情《ひょうじょう》。

「で、心愛《ここあ》はもう、大丈夫《だいじょうぶ》？」

「え？　なにが？」

「あの日のこと、ずっと気になってて。心愛《ここあ》、今もときどき、元気ないから」

びっくりした。

こはく、心配してくれてたんだ、わたしのこと。

お母さんのこと、野村《のむら》さんのこと、学校のこと、家事のこと。あの日、胸《むね》にたまっていたことを、わたしはひとつひとつ話した。こはくはポテトを食べる手を止めて、静かに耳を傾《かたむ》けてくれた。

「きっついね、それは」

話が終わると、ぽつりといった。

「再婚《さいこん》かー。なんなんだろーな、母親ってやつは」

「え？」

「いや、うちの母親もね。そうそう、うちのジム、一回つぶれてんだけど」

「そうなの？」

こはくはこっくりとうなずいた。

「もともと別の街でやってたんだけど、父親、商売ヘタすぎて、赤字の山。しまいには家まで差《さ》し押《お》さえられて、嫌気《いやけ》さして母親、出てったの。わたしまだ小一のガキだったし、ぎゃんぎゃん泣いて止めようとしたんだけど、聞いてくれなかった。子ども置いて出てくとか、ほんと、何考えてんだ、あの女」

小さくため息をつき、

「おたがい苦労すんね、母親に」

こっちを見て、こはくはにやっと笑った。

「今日は誘《さそ》ってくれてありがとう。わたしもほんと、楽しかった」

「いや、こっちこそっ」

わたしはあわてて勢《いきお》いよく立ちあがった。そして、何を激《はげ》しく立ちあがってるんだ、と気づき、静かに座《すわ》りなおした。とても恥《は》ずかしかった。

そのとき、うしろでけたたましい音がした。

振《ふ》りむくと、ポテトやサラダやハンバーガーが、ひっくりかえったトレイとともに盛大《せいだい》に床《ゆか》に散らばっていた。

「き、き……桐野《きりの》さんっ」

背《せ》の低い、ふわふわ天パの、メガネをかけた男の子がすっとんきょうな声をあげた。

　だれ？　前を向くと、

「おーっ」

　笑いながらこはくが手をあげた。

「ひさしぶりじゃん。しげ……しけ？　シケモク？」

「重森《しげもり》ですっ」

「そーだ、しげもりだっ。元気？　まだ岩井《いわい》たちにいじめられてんの？」

「いえっ。克服《こくふく》しましたっ」

「え？　やっつけたの？」

「ちがいます。岩井《いわい》はっ、転校しましたっ」

「転校？」

　こはくは声をあげて笑った。

「なんだ、重森《しげもり》の力じゃないじゃん」

「まあ、そうなんですけど」

　えへへへ、と重森《しげもり》くんも笑った。ずいぶん、親しい感じだった。重森《しげもり》くんは笑うのをやめ、すごく真剣《しんけん》な顔つきになり、桐野《きりの》さん、といった。

「岩井《いわい》はいません。あいつらのグループは、もう脅威《きょうい》じゃないです。だから……」

「ん？」

「だからっ、学校っ、また来ませんか？」

こはくはかすかに目をみひらいて、二度、三度、まばたきした。それから、実に不思議そうに重森《しげもり》くんを眺《なが》め、最後に、まったく曇《くも》りのない笑顔《えがお》で、

「いかねーよ」

といった。

Chapter 3

世界の終わり

食洗器《しょくせんき》にお皿を入れていると、シンクの端《はし》に置いたスマホから音がした。明るくなった画面に、ぽこん、とメッセージが浮《う》かぶ。

こはくからだ。

わたしは急いで手を拭《ふ》いて、スマホをつかんだ。

おもしろ動画みつけた！　という言葉がちらりと目に入り、それだけでもう楽しい気持ちになる。思ったとおり、リンク先はこねこがウマのおもちゃと真剣《しんけん》に戦う、実にくだらない映像《えいぞう》だった。けたけた笑うこはくの顔が浮《う》かび、わたしも笑顔《えがお》になる。ひとりきりで過《す》ごす春の夜に、そっと灯《ひ》がついた気がした。

三月になっていた。

映画《えいが》をいっしょに見にいったあの日から、わたしたちはときどき、ＬＩＮＥでやりとりするようになった。こはくのプロフ画像《がぞう》は、淡《あわ》いピンクを背景《はいけい》にしたボクシンググローブだ。ポップな感じがかわいらしくて、

「なんのイラスト？」ときくと、

「え、これ？」こはくはちょっと照れくさそうにした。

「自分で描《か》いたんだけど、へん？」

「え？　ほんとに？」

声が裏返《うらがえ》った。

「めっちゃうまくない？」

わたしが感心していると、こはくは練習が終わったあと、ｉＰａｄに入れたイラストアプリでささっと似顔絵《にがおえ》を描《か》いてくれた。五分くらいで描《か》いたのに、クオリティの高さは目をみはるほどだった。

「うまっ。プロなの？」

「なにいってんの。あとで送っとくね」

こはくがスマホに送ってくれたイラストを、わたしはさっそく自分のプロフ画像《がぞう》

に設定《せってい》した。今まで使っていたミッキーの絵も気に入っていたけど、思いきって変えてしまうと、なんだかとてもすっきりした。

こはくはネコが好きだ。

イラストが上手で、マンガとアニメが趣味《しゅみ》で、デジタル系《けい》の知識《ちしき》はわたしよりくわしい。飲みものはコーヒーとトマトジュース、音楽はパンクロックとクラシックが好き。辛《から》いものが苦手で、スピリチュアルな話とおばけが嫌《きら》い。

こはくのことを知れば知るほど、わたしはジムに行く時間が楽しみになった。

学校が春休みに入ると、可能《かのう》なかぎりジムに通った。

きれいに整頓《せいとん》されたジムのなかでは、いつもだれかしら練習で汗《あせ》を流している。そして、たとえ雨の日でも、室内は不思議と明るい光に満ちていた。革《かわ》のグローブで何かを叩《たた》く音、リングマットに靴《くつ》がこすれる音、気合のこもったトレーナーの掛《か》け声《ごえ》、時間経過《けいか》を知らせるブザーの音、出入りする練習生の元気な挨拶《あいさつ》。たくさんの音が飛びかうなかで、ときどき、どっと大きな笑い声が広がる。にぎやかな音と光のまんなかで、こはくはいつもわたしを待っていた。

戦いの準備《じゅんび》の場にもかかわらず、あたたかくて、心地《ここち》いい空間。

人の目を気にせず、だれかといっしょにくつろげる場所。

わたしにとってジムは、たったひとつの拠《よ》り所《どころ》で、あまりにも大切な場所になっていた。

そしてその、大切な場所の空気をかき乱《みだ》す人が現《あらわ》れた。

重森《しげもり》くんだ。


「桐野《きりの》さんっ、学校、行きましょうっ」

はじめてジムで重森《しげもり》くんを目撃《もくげき》したとき、彼《かれ》は大きな声でそういった。

「だから、いかねーっつーの」

「わかりますっ。不安ですよね。桐野《きりの》さんといえど、不安なのはわかります。だからぼく、今日、石持ってきました」

「いしっ」

「この石はすごいんですよ。ネガティブがぜんぶポジティブに変わります。ただ持ってるだけで幸運が……」

「持ってかえれっ」

こはくがキレた。

「わたしはね、やめたの。学校を」

「義務《ぎむ》教育はやめられませんよ」

「知らねーよ。てか、なんなの？　まじ、営業妨害《えいぎょうぼうがい》なんですけど」

「妨害《ぼうがい》してませんっ。応援《おうえん》してるんですっ」

「はあ？」

「わかりますよ。長く休んじゃうと、学校もどりにくいですよね。わかります」

「まったくわかってねーだろ、おまえ。そのやばい情熱《じょうねつ》、どっからわいてくるんだよ」

「この石だと思います」

「かえれっ」

重森《しげもり》くんを追いだすと、こはくはいつも頭痛《ずつう》をこらえるように目を閉《と》じて、息を吐《は》いた。そして、ジムの床《ゆか》にあぐらをかき、頭をかいた。

「まったく、なんなんだあいつは。どうにかなんないもんかね」

重森《しげもり》くんはこはくのクラスメイトらしかった。

あんまりぐいぐい来るので、幼《おさな》なじみとか、むかしからの知りあいとか、そんな関係かと思いきや、そうではないという。小学校も別で、せいぜい何度か口をきいたことがある程《てい》度《ど》の、正真正銘《しょうしんしょうめい》、ただのクラスメイトだそうだ。

「重森《しげもり》くん、なんであんなに必死なんだろ？」

情熱《じょうねつ》と使命感に燃《も》えた目を思《おも》い浮《う》かべながらつぶやくと、こはくも不思議そうに首をひねった。

「謎《なぞ》。あのもしゃもしゃした髪《かみ》もうざいし、メガネも腹立《はらた》つし、いっつも敬語《けいご》なのもわけわかんないし、あー、いやだいやだ」

こはくに「へんなやつ」認定《にんてい》され、いくら邪険《じゃけん》に扱《あつか》われても、重森《しげもり》くんは週に一回は必ずジムに現《あらわ》れた。そして、いつも説得《せっとく》に失敗し、ほうほうの体《てい》で帰っていく。まるで相手にされていなかった。

やめときゃいいのに、と思いつつ、ちょっとだけ、本当にちょっとだけだけど、あれだけ本気で待っている人が学校にいるのは、うらやましい気もした。

春休みは本当に楽しかった。

時間があって学校がないということは、やっぱり絶対的《ぜったいてき》にいいことだ。こはくといっしょに、ときどきわたしは近くの大きな公園でお花見をしたり、ユニクロでSALEのパーカーを買ったり、ただ意味もなく川沿《かわぞ》いの長い道をぶらついたりした。

ずっと春休みならいいのにな。

叶《かな》わないってわかってたけど、何度も思った。

一度だけ、柚葉《ゆずは》たちのことが気になって連絡《れんらく》したところ、なんとふたりはすでに別れていた。

「なんで別れたの？」

びっくりして電話でたずねると、柚葉《ゆずは》はひとこと、

「価値観《かちかん》のちがい」

ぼそりといった。

「つきあう前が一番楽しかったなー」

ため息まじりのその言葉を、わたしはだまって聞いていた。柚葉《ゆずは》は妙《みょう》にさばさばしていて、そういうものかな、と思った。とにかく、三人で楽しく遊んでいたあのころは、二度ともどらないんだな、とわかった。

休みが終わりに近づいたころには、おばあちゃんから電話がかかってきた。ときどき、お母さんがいない時間にかかってくる、おばあちゃんの謎《なぞ》電話だ。いつものように、おばあちゃんはわたしの学校生活やお母さんの様子をいろいろきいてきた。しばらくとりとめのない話をしたあと、一瞬《いっしゅん》、妙《みょう》な沈黙《ちんもく》があって、

「ねえ、こっちゃん。お母さん、ちゃんとやってる？」

いきなり、きかれた。

あれ？　と思った。

おばあちゃんのその声は、急にひんやりして、張《は》りつめているように聞こえたから。

わたしがだまっていると、さらに質問《しつもん》が飛んできた。

「こっちゃんは……大丈夫《だいじょうぶ》？」

「大丈夫《だいじょうぶ》だよ、心配しないで」

わたしは笑った。笑いながらもう一度、心のなかでつぶやく。

大丈夫《だいじょうぶ》。わたしには、ボクシングがあるから。

強烈《きょうれつ》な南風が吹《ふ》いて桜《さくら》が散り、二日続いた大雨がアスファルトに落ちた花びらを洗《あら》いながして、わたしは二年生になった。クラス替《が》えがあり、柚葉《ゆずは》と長崎《ながさき》くんとはまたしても別のクラスだった。かわりに、というわけでもないけれど、同じクラスには杏《あん》がいた。杏《あん》はさっそくまわりの子に話しかけ、友だちづくりに余念《よねん》がなかった。

「心愛《ここあ》、またよろしくねー」

にっこり笑って挨拶《あいさつ》されて、わたしも笑顔《えがお》を返した。正直、また同じクラスか……としんどい気もしたけど、クラスは自分じゃ選べない。心にふたをして、のらりくらりつきあっていくしかなかった。

ただ、今年度は最初から、ひとりでいる時間をつくることにした。

「ごめんね。どうしても時間なくて」

お昼休み、わたしはグループの子に声をかけて、図書室で宿題をするようになった。学校で宿題を終わらせておけば、放課後、より長くジムにいられる。時間が余《あま》ると屋上に行き、シャドーボクシングをした。シャドーはどこでも、短い時間でもできるからいい。腕時計《うでどけい》のタイマーをセットして、前の日にこはくにいわれたことを思いだしながら、淡々《たんたん》とこなした。

淡々《たんたん》と。

そう、本当にその言葉がぴったりの毎日だった。

たとえほんの些細《ささい》なことでも、『群《む》れ』を離《はな》れるのは勇気が必要で、いったい他の子からなにをいわれるか警戒《けいかい》していたけど、不思議なほど毎日は静かに続いた。

楽しいことも、びっくりすることも、心が痛《いた》むほどいやなことも、学校では起こらなかった。なるべく杏《あん》のグループの子たちと話を合わせて、お昼だけはひとりを貫《つらぬ》いて、それで波風が立つこともとくになく、放課後はジムに直行した。

今日も、明日も、これからも、今の時間が永遠《えいえん》に続いてほしかった。


でも、もちろん、永遠《えいえん》なんてどこにもない。

始業式から二十日後の木曜の夜、わたしはそのことを改めて思い知った。お風呂《ふろ》からあがって、ストレッチをして、ちょっとベッドで本でも読もうか、と時計を見たところで、玄関《げんかん》の鍵《かぎ》が開く音がした。

お母さんだ。

なんの疑《うたが》いもなかった。パジャマのまま玄関《げんかん》に出ると、

「ただいまーっ」

うっすら顔を赤くしたお母さんが現《あらわ》れた。また酔《よ》っぱらってる、と思いつつ、

「おかえり。お母さん、夕ごはん、冷蔵庫《れいぞうこ》に……」

ふらついた身体を支《ささ》えようとした瞬間《しゅんかん》、声を失った。お母さんのうしろ、暗い廊《ろう》下《か》の奥《おく》に、知らない男の人が立っていた。

「どうも、はじめまして」

茶色の髪《かみ》に、ピンクのシャツ。ちょっと小太りで、黒縁《くろぶち》のメガネをかけ、顔も、首も、腕《うで》も、サーファーみたいに浅黒い肌《はだ》をしている。若《わか》い格好《かっこう》をしていても、少したるんだほおはやっぱりおじさんだ。そうか、このひとが。

「野村《のむら》です。ちょっとご挨拶《あいさつ》、と思ってね」

「……こんばんは」

「きみが心愛《ここあ》さん？」

野村《のむら》さんは笑《え》みを浮《う》かべてわたしを見た。頭から足の先まで、見えない光線でスキャンするような目の動きにぞっとする。パジャマのまま出てきたことを、心底後《こう》

悔《かい》した。

「遅《おそ》くにごめんね。お母さんから話を聞いています。とっても親孝行《おやこうこう》なんだって？」

「そんなこと、ないです」

どんな顔をすればいいのかわからなかった。もう十時だ。一刻《いっこく》も早く帰ってほしいのに、気がつくとわたしは教室で杏《あん》たちといるときみたいに、うすっぺらな愛想《あいそ》笑《わら》いを浮《う》かべていた。

「そういや、歯は大丈夫《だいじょうぶ》？」

「え？」

「なんか、抜《ぬ》けない乳歯《にゅうし》があるって。僕《ぼく》に任《まか》せてくれれば、いつでも処置《しょち》するから」

腕《うで》のあたりがぞわっとした。

「それじゃ、またね」

小さく手をあげて、野村《のむら》さんはようやく出ていった。ドアが閉《と》じた瞬間《しゅんかん》、一気に全身の力が抜《ぬ》けた。

「ごめんねー。急に彼《かれ》が、どうしてもっていうから……」

まいっちゃったねー、とお母さんはにっこりした。にらみつけるつもりだったのに、結局、目をそらしたのはわたしの方だ。「かれ」という言葉が耳に残り、そこから鼓膜《こまく》が腐《くさ》っていく気がする。

くいしばった奥歯《おくば》に痛《いた》みが走る。

へらへら笑ってしまった自分が、心底情《なさ》けなかった。


次の日、お母さんは午前中、お休みを取ったらしくて、ぐうぐう寝《ね》ていた。

わたしは朝から気分が悪かった。昨夜の野村《のむら》さんの来訪《らいほう》にどんな意味があるのか、ずっと考えていた。わたしがのらりくらりと食事会を避《さ》けているのにしびれを切らして、ふたりで無理やり次の状況《じょうきょう》に進めようとしてるんだろうか。よくわからないし、正直、考えたくもない。

学校に行ってからも気が重くて、たぶん、ずいぶんいらついてもいた。

だから、かもしれない。いつもなら軽く聞きながせるはずの杏《あん》の言葉に、ついまともにいいかえしてしまった。

二時間目が終わったあとの、少し長い休み時間のことだ。

わたしは杏《あん》のとなりで、グループのおしゃべりに参加していた。社交性《しゃこうせい》のおばけみたいな杏《あん》は、いつのまにかこのクラスで最も華《はな》やかなグループをつくりあげ、その中心に君臨《くんりん》していた。わたしは一年のときにちょっと杏《あん》と仲が良かったという、ただそれだけの理由で、なんとなくその末席にいた。

たぶん、他の子たちは、なんでわたしがグループの一員なのか、杏《あん》がわたしを切ってしまわないのか、不思議だったはずだ。みんなで遊ぶ約束をしてもひとりだけ行かないし、昼休みもグループから離《はな》れていつも図書室だ。そんなやつ、いつ排斥《はいせき》されてもおかしくないのに、杏《あん》はいつものごとく何考えてるのかよくわからない能《のう》天気《てんき》な笑顔《えがお》で、無邪気《むじゃき》にわたしをフォローしてくる。「心愛《ここあ》はすごいんだよー、ボクシングやってるんだよ」、「家事とかもすごいがんばってるんだよ」、「わたしたちとちがって、遊ぶ時間なんかないんだよ」……よく考えるとフォローじゃなくて、ディスってるだけかもしれないけれど。

その日、グループの会話の中心は、クラスの辻《つじ》さんのことだった。

辻《つじ》さんは背《せ》が低くてやせていて、声も小さくていつもひとりでいる。友だちがいない、勉強ができない、片方《かたほう》の親がいない、という杏《あん》が好きなポイントを三つも抱《かか》えている辻《つじ》さんは、最近、もっぱらみんなの話のタネだった。

辻《つじ》さんのしゃべり方がどうのこうの。辻《つじ》さんの机《つくえ》につっぷす格好《かっこう》がなんのかんの。いやだなあ、と思いつつ、適当《てきとう》に相槌《あいづち》を打っているわたしは、結局、辻《つじ》さんから見たら同じ穴《あな》のムジナなんだろう。早く話題変わんないかな、と思っていると、

「そういえば、心愛《ここあ》が行ってるジムにさ、有名な子いるんでしょ？」

目をきらきらさせながら、杏《あん》がわたしにきいてきた。

「え？」

「山内《やまうち》さんに聞いたの。女子ボクシングの子で、なんかすっごい強いんだけど、学校行かずにボクシングばっかりやってるんだって」

どきっとした。

「え？　やばっ。親、何もいわないの？」

べつの子が顔をしかめた。

「名前、なんていったっけな。男か女か、よくわかんないような名前で」

「あ、わたしも聞いたことある」

またべつの子がくすくす笑いながらいう。

「その子、学校で大暴《おおあば》れして、男子をなぐったらしいよ」

「なにそれっ。昭和なの？」

杏《あん》が、けらけら声を出して笑った。こめかみがすうっと冷たくなる。どうしてこの子は、と思った。だれかの大切なものを、いつも笑顔《えがお》でかんたんに傷《きず》つけるんだろう。

「野蛮《やばん》だねー。心愛《ここあ》、気をつけなよー」

みんながいっせいに笑った。頭のなかが一瞬《いっしゅん》で沸《わ》く。

「こはくは、そんな子じゃないよ」

思ったより強い声が出た。しまった、と後悔《こうかい》したけど、遅《おそ》かった。たちまち、グループにしらっとした空気が流れる。

「ごめーん」

杏《あん》が冗談《じょうだん》っぽく目を閉《と》じて、両手を顔の前で合わせた。

「心愛《ここあ》ー、怒《おこ》んないでー」

冷えていた空気がちょっとだけゆるんだ。

息をつき、わたしは無理やり笑った。

「怒《おこ》ってないよ。なんで杏《あん》があやまるわけ？」

ウソの笑顔《えがお》に、ウソの言葉。ウソの仲間に、ウソの自分。いったいわたしは、なんのために学校に来ているんだろう。

放課後、いつものようにジムへ向かった。

とにかく無性《むしょう》にサンドバッグを打ちたい気分だった。汗《あせ》を流して、腕《うで》に思いきり衝撃《しょうげき》を感じたい。家のことも、学校のことも、全部頭から追いだしたかった。

歩道橋の近くまで行ったところで、だれかがものすごいスピードでジムを飛びだしてきた。ぶつかる寸前《すんぜん》でおたがい立ちどまり、見ると、重森《しげもり》くんだった。

「あ、立川《たちかわ》さん」

重森《しげもり》くんは小さく口を開けて、ぱちぱちと目をしばたたいた。

「また、こはくにどなられたの？」

わたしがたずねると、重森《しげもり》くんは力なくうなずいた。

「今日は怒《いか》りを鎮《しず》めるムーンストーンを持ってってたんですけど、なんか、よけいに怒《おこ》らせちゃったみたいで」

また石か、と思った。じゃ、といってしょんぼり立ちさろうとした重森《しげもり》くんに、

「待って」

ちらりと腕時計《うでどけい》を見て、声をかけた。

「ききたいことがあるんだけど、時間ある？」

重森《しげもり》くんは少し不安そうにこちらを見て、こくりとうなずいた。

わたしたちは近くの公園に入った。

よく使うスーパーの反対側、桐野《きりの》ボクシングジムから二百メートルほど歩いたところにある川沿《かわぞ》いの大きな公園だ。芝生《しばふ》では小学生のサッカーチームが練習していた。わたしたちは入口近くのベンチに並《なら》んで座《すわ》った。

「重森《しげもり》くん。前から思ってたんだけど」

なぜ、こんなにしつこくジムに現《あらわ》れ、こはくを学校に引きもどそうとするのか。考えると、可能性《かのうせい》はひとつしかない。

「もしかして、こはくのこと好きなの？」

「ちがいます」

重森《しげもり》くんはきっぱりと否定《ひてい》した。

「ぼくが好きなタイプは、古風で奥《おく》ゆかしくて、ユーモアのセンスが抜群《ばつぐん》で、清楚《せいそ》で優《やさ》しい子です」

そんなやついないよ、とわたしは思った。

「桐野《きりの》さんのことは、好きとか、そんな浮《うわ》ついた気持ちじゃないです。尊敬《そんけい》してるんです。あの人は、ほんとにすごい人です。だから、余計《よけい》に後悔《こうかい》してて……」

「後悔《こうかい》？」

さっぱり話がわからない。

「なにを？」

「桐野《きりの》さんが学校来なくなったのは、全部ぼくのせいなんです」

「どういうこと？」

「ぼく、いじめられてたんですよ。中学入ってすぐ、持ちもの隠《かく》されたり、わざと聞こえるように悪口いわれたり、何もしてないのに呼《よ》びだされて蹴《け》られたりするようになって。まわりはみんな知ってるのに、だれも助けてくれなかった。そしたら、ある日……」

相手の子に、こはくが一言いった。だせーな、おまえ。

「そしたら、そいつら今度は桐野《きりの》さんを攻撃《こうげき》したんです。桐野《きりの》さんが学校に来なくなったの、それからです。だから」

重森《しげもり》くんは小さく息を吸《す》いこみ、まっすぐにわたしを見た。

「だから、ぼくのせいなんですよ。ぼくが桐野《きりの》さんの毎日をくるわせちゃった。このままほっとくことなんてできないです。立川《たちかわ》さん、もしよかったら、立川《たちかわ》さんからも桐野《きりの》さんにいってもらえませんか？　学校行こうよって。もう、岩井《いわい》はいなくなって、おかしなことにはならないから、って」

わたしは迷《まよ》った。急に、杏《あん》の顔が頭に浮《う》かんだ。グループにいるときの落ちつかない気持ちが、足元からざわざわと這《は》いあがってくる。

「それは、こはくが決めることじゃないかな」

「え？」

「こはくが学校行かないって決めていて、とくに問題ないなら、別にいいんじゃないかな」

「でも」

「学校って、なんで行かなきゃいけないの？」

重森《しげもり》くんは、はっとした表情《ひょうじょう》でわたしを見た。そして、もごもごと、聴《き》きとりにくい声でいった。

「そりゃ、勉強もあるし、友だちも……」

「こはくはちゃんと勉強してるよ。将来《しょうらい》海外行きたいからって、中一で英検《えいけん》二級とってる。ボクシング通して、いろんな人とつながってる。それでも、学校行かなきゃダメなのかな？」

重森《しげもり》くんは難《むずか》しい顔をして、だまりこんでしまった。

「わかりません。でも、ぼくには責任《せきにん》があるから。たとえ桐野《きりの》さんが学校に来る気がなくても、ぼくはぼくで、こっちの道もいいよ、っていいつづけようと思うんです。だって、居場所《いばしょ》はたくさんあった方がよくないですか？」

居場所《いばしょ》、という言葉が、思いがけず胸《むね》に響《ひび》いた。

学校と家だけだったわたしの生活に、ぽっこり誕生《たんじょう》したジムという居場所《いばしょ》。もしジムがなかったら、酸素《さんそ》が枯渇《こかつ》した教室で、逃《に》げ場《ば》のない家のなかで、わたしはとっくに力尽《ちからつ》きていた気がする。

「それはたしかに、そうかもね」

わたしはうなずいた。

「わかった。いうだけ、いってみるよ」

「ありがとうございますっ」

「でも、期待しないでよ。説得《せっとく》できるかわかんないし」

「わかってます。うわー、うれしいな。お礼に今度、立川《たちかわ》さんにもいい石、さしあげます」

「いらないよ。ねえ、なんで石なの？」

ちょっときいただけなのに、待ってましたといわんばかりに、重森《しげもり》くんは石の威《い》力《りょく》について饒舌《じょうぜつ》に語りはじめた。いじめられていたとき、わらにもすがる思いで通《つう》販《はん》で石を買ったこと。毎日毎日、相手の子がいなくなるよう熱心に念じていたこと。十日後、なんと本当に相手の子の北海道への転校が発表されたこと。今では一日の大半を石の研究に捧《ささ》げていて、将来《しょうらい》は……わたしは途中《とちゅう》で話を切りあげて、ＬＩＮＥの連絡先《れんらくさき》を交換《こうかん》し、ジムに向かった。

「重森《しげもり》を助けた？　わたしが？」

その日、練習後にさっそく重森《しげもり》くんから聞いた話をぶつけてみると、こはくは目を丸くして、うーん、とうなった。ぜんぜん、心当たりがなさそうだった。

「重森《しげもり》くん、自分のせいでいじめの矛先《ほこさき》がこはくに向いちゃったって。迷惑《めいわく》かけたって……」

こはくは小さく吹《ふ》きだした。

「たしかに一回だけ、あんまりしつこく重森《しげもり》をからかってるから、相手の岩井《いわい》ってやつにいったことはあるよ。だっせーな、って。もともとそいつとはわたし、相性《あいしょう》悪かったんだよね。重森《しげもり》はそのことをいってんのかな」

「そのあと、どうなったの？」

「べつに、なーんにも。でも、一週間くらいして、突然机《とつぜんつくえ》に落書きされたんだ。きったない字で、でっかく『死ね』って書いてあった。ガキかよ、って」

やれやれ、という顔で、こはくは笑った。

「で、そいつの方を見たら、こっち見てにやにやしてんのよ。だれがやったかすぐわかるわけ。むかついたから雑巾《ぞうきん》持ってって、消せ、っていってやったの。でも、なんでオレがー？　とかいってそいつ、まだにやにやしてて、わたし、つい、雑巾《ぞうきん》を……」

力いっぱい、相手の顔に投げつけたという。

「あのアホ、大騒《おおさわ》ぎしてさ。暴力《ぼうりょく》振《ふ》るわれた！　って。担任《たんにん》とかはわかっててかばってくれたんだけど、うちのジム、暴力絶対禁止《ぼうりょくぜったいきんし》だから。父親にはめちゃくちゃ怒《おこ》られるし、関東大会も、次の大会も出場辞退《じたい》で……」

こはくは、くしゃくしゃと頭をかいた。

「とにかく、わたしのなかでは重森《しげもり》のことと雑巾事件《ぞうきんじけん》は、ぜんぜん無関係なんだよね。まあ、重森《しげもり》がきっかけっちゃあきっかけだけど、前から思ってたわけだし。学校、何の意味あるの、って。行ったってボクシングは一ミリもうまくならないし、勉強は家でもできるし、友だちはジムにも、合気道教室にも、英会話スクールにも、いるわけだしさ。なんかアホらしくなっちゃって。とにかく、重森《しげもり》が責任《せきにん》感じる必要はゼロよ、ゼロ」

こはくは指を丸めて『0』をつくり、「ゼロっ」とくりかえした。

「重森《しげもり》くんは」

確信《かくしん》に満ちたこはくの態度《たいど》に圧倒《あっとう》されながら、わたしはいった。

「こはくの居場所《いばしょ》を増《ふ》やしたいんだって。学校も、いいところだよ、って」

「居場所《いばしょ》、ねえ」

こはくは首をかしげた。

「心愛《ここあ》、わたしは本当にわからないんだ。父親もさ、最近ようやくなにもいわなくなったけど、最初はほんとうるさかったんだよ。学校行け、学校行け、ってさ。行かないならボクシングやめさせるとか、わけわかんないことまでいってきて、毎日大げんかよ。わたしは、父親がこの道に引きこんでくれたことはほんとに感謝《かんしゃ》してる。でも、だからって罰《ばつ》のために、わたしからボクシングを奪《うば》う権利《けんり》はないでしょ？　この道はもう、わたしの道だから。わたしの居場所《いばしょ》は、最初っからここだから。この場所を取りあげようとするなら、親だろうが友だちだろうが、学校だろうが神さまだろうが、わたしは全力で戦うよ」

こはくは淡々《たんたん》といった。早口でもなく、感情的《かんじょうてき》になっている様子もなかった。自分のなかで湧《わ》いてきた気持ちを、ただそのまま口にしている感じだった。

「ねえ心愛《ここあ》」

こはくは少しこまったように笑った。

「学校って、なんで行かなきゃなんないんだろーね」

わたしはもうなにもいえなくて、首を振《ふ》った。その答えを、今、わたしが一番教えてほしかった。

その夜ひとり、家事をしながら考えた。

重森《しげもり》くんが学校で受けた仕打ち、こはくの行動、ふたりの決意……それぞれから聞いた話が重すぎて、いつまでも胸《むね》に響《ひび》いていた。

ジムを出たあと、重森《しげもり》くんにはＬＩＮＥで連絡《れんらく》した。説得《せっとく》失敗、と伝えると、「残念です。でも、ありがとうございました」とすぐに返信が来た。

結局、こはくの不登校について、わたしにできることはなにもない。せめて、重《しげ》森《もり》くんのまっすぐな気持ちがこはくに伝わればいいな、と思った。

要するに、そのとき、わたしは完全に第三者の気分だったのだ。バカだったな、と思う。ふたりのことで頭がいっぱいで、自分の居場所《いばしょ》が足元からおびやかされていたことに、まったく気づいていなかった。

悲劇《ひげき》は翌日《よくじつ》、土曜日の夕方に起きた。

わたしはジムでこはくから、左フックの打ち方を教わっていた。サンドバッグを打っている最中、何度かほめられたパンチだ。「右足はＯＫ。溜《た》めはできてるから、あとは打つとき、左足のつま先をもうちょっと内側に入れるといいよ」

アドバイス通りに打つと、自分でもびっくりするくらい、パンチの切れが上がった。左ジャブ、右ストレート、そこから渾身《こんしん》の左フック。左手が軽くしびれるようにびりびりする。ああ、気持ちいい。

「もっとコンパクトに、踏《ふ》みこみ速くっ。そうそう、いいねっ」

腕《うで》の軌道《きどう》や右手のガードの位置をこはくに微調整《びちょうせい》してもらいながら、わたしは何度も打ちこんだ。心地《ここち》よい革《かわ》の衝突音《しょうとつおん》が繰《く》りかえし弾《はじ》ける。そのとき、ふとうしろに気配を感じた。横にいるこはくが動きを止め、いぶかしそうにわたしのうしろを見ている。振《ふ》りむくと、茫然《ぼうぜん》とした顔のお母さんが立っていた。

「あんた、なにやってんの？」

心臓《しんぞう》がひっくりかえった。

「親にウソついてボクシングなんて……ありえない」

「ちがうの。わたし、ただ……」

「なにがちがうのっ」

ジム中に響《ひび》きわたる大きな声だった。

「こんなバカみたいなスポーツ、やってて恥《は》ずかしくないのっ？　わたしが一生懸《いっしょうけん》命《めい》働いてるとき、あんたは……」

「おばさん、おばさんっ」

こはくがあわてた様子で横から口をはさんだ。お母さんは心底不快《ふかい》そうに、じろりとこはくを見た。

「心愛《ここあ》、すごいがんばってんだよ。センスあるし、根性《こんじょう》もある。だから、お願いだから……」

こはくは息を吸《す》いこみ、深々と頭を下げた。

「心愛《ここあ》に、ボクシングを続けさせてください」

わたしは耳を疑《うたが》った。こはくが敬語《けいご》を使うのを、はじめて聞いた。

お母さんは深くて長いため息をついた。

「あなたね」

おそろしく冷たい声だった。

「目上の人に対する口の利《き》き方《かた》、ちゃんとおぼえた方がいいわよ」

こはくの耳がうっすらと赤くなった。頭を下げたまま、小さな声で、すみません、とつぶやいた。

「心愛《ここあ》、なにぼさっとしてんの。帰るよっ」

お母さんがわたしの手を取り、引っぱった。すごい力だった。二歩、三歩、よろめくように引きずられながら、必死にわたしは手を振《ふ》りはらった。

「ここあっ、いい加減《かげん》にしなさいっ」

振《ふ》り向《む》いた瞬間《しゅんかん》、顔をあげたこはくと目が合った。

胸《むね》が、えぐられるように苦しくなる。

「ここあっ、はやくっ」

そばに行きたいのに、足が動かない。お母さんの声が、表情《ひょうじょう》が、身体中《からだじゅう》にからみついてくるようだった。

ごめん。

どうにか、口の動きだけで伝えた。こはくが小さく首を振《ふ》った。

まっすぐにわたしを見て、悲しそうに笑った。

お母さんにバレた理由は、ひどく単純《たんじゅん》だった。

その日、たまたま町で顔を合わせた杏《あん》が、お母さんに笑顔《えがお》でいったという。

「立川《たちかわ》さん、ボクシングがんばっててすごいですね。お母さんの影響《えいきょう》ではじめたんですか？」

とまどうお母さんに対して、さらに杏《あん》は続けた。

「あれ？　桐野《きりの》ボクシングジムですよね？　駅の方の」

本当に、余計《よけい》なことを。なにを考えているのかわからない、杏《あん》の整った笑顔《えがお》が浮《う》かび、頭がくらくらした。まさか、と思いつつも一応確《いちおうたし》かめに来たお母さんは、外からわたしの姿《すがた》を発見して腰《こし》を抜《ぬ》かし、怒《いか》りのままジムに突撃《とつげき》したらしかった。

「ほんとにもう、恥《は》ずかしいったらないわよっ」

帰る途中《とちゅう》も、家に入ってからも、お母さんは怒《おこ》りどおしだった。わたしはひたすらうつむいて、お母さんの怒《いか》りが過《す》ぎるのを待ちつづけた。いいわけは一切《いっさい》するつもりはなかったけど、こはくの悪口を聞いたときだけは、だまっていられなかった。

「あの子、有名人なんだって？」

口をゆがめて、ガムでも吐《は》きすてるようにお母さんはいった。こはくのことも、杏《あん》からすでに聞いているらしかった。

「中学も満足に通えずにボクシングとか、ほんっと、ありえない」

「でも」

息をついて、気持ちを押《お》さえて、できるだけお母さんを刺激《しげき》しないように、落ちついた声でわたしはいった。

「学校行かないって、そんなに悪いこと？　みんながみんな、絶対《ぜったい》に行かなきゃいけないの？」

「はあ？」

お母さんは眉間《みけん》にしわをよせて、笑った。

「義務《ぎむ》教育よ、中学校は。行きたくないから行かないとか、そんなことできないの。法律《ほうりつ》で決まってるの。病気でもないかぎり、行かないのは許《ゆる》されないの。義務《ぎむ》も果たさず好きなことして、そんなの、ろくな大人になれないに決まってるでしょ」

わたしは唇《くちびる》をかんだ。

じゃあ、ろくな大人ってなに？　お母さんは、ろくな大人なの？

わたしのほんとの気持ちも知らずに、自分は好きなことして、ろくな大人っていえるの？　喉元《のどもと》まで出かかったその言葉は、さすがにのみこんだ。ため息がでた。

もとをただせば、わたしがウソついて入会届《にゅうかいとどけ》を出したことが一番の原因《げんいん》だ。わたしのせいでお母さんを怒《おこ》らせて、こはくまで傷《きず》つけた。最初っから、ボクシングをやるなんて無理だったんだ。今、わたしががまんさえすれば、それで解決《かいけつ》だ。

「とにかく、二度とあんなとこ行っちゃだめよ」

お母さんは最後に、強い口調で念を押《お》した。

「ほんっと、バカじゃないの、まったく」

ジムのなかで見つけた光がゆっくりと弱くなり、消えていく。扉《とびら》が閉《と》じていく音がはっきりと聞こえた。お母さんには逆《さか》らえない。わたしの大切な、大切な居場所《いばしょ》は、そんなふうにしてなくなった。

Chapter 4

氷の女王

ボクシングのない毎日はのっぺりとして、ぱさぱさに乾《かわ》いていた。

あの日から一週間が過《す》ぎた。

ジムには一度も行っていない。ジムの前を通らなくてすむように、わたしはちょっとだけ遠回りをし、単価《たんか》が高めのスーパーで買い物をして帰った。サンドバッグはもう叩《たた》けない。すべてが元にもどってしまった。

こはくとの連絡《れんらく》も途絶《とだ》えたままだ。

本当はあの夜、すぐにＬＩＮＥを送るつもりだった。

でも、いざメッセージを送信しようとすると、指が止まった。「こんなバカみたいなスポーツ」と叫《さけ》んだお母さんの顔と、悲しそうに笑うこはくの顔がちらついて、どんな言葉を送ればいいのかわからなくなった。

次の日、直接《ちょくせつ》ジムに行って、ちゃんと謝《あやま》ろうと思ったけれど、今度は足が止まった。「二度とあんなとこ行っちゃだめよ」というお母さんの言葉が胸《むね》のなかでふくれあがり、わたしは一歩も進めなくなった。

一日、また一日と連絡《れんらく》を先延《さきの》ばしするたび、ますます苦しくなった。会いに行きたいけど、勇気が出なかった。

お母さんがジムに来た土曜日の週明け、教室に入るなり、杏《あん》が声をかけてきた。

「山内《やまうち》さんに聞いたんだけど、なんか、ひどいことになっちゃったって」

めずらしく、しゅんとした雰囲気《ふんいき》だった。

「ボクシング、お母さんに内緒《ないしょ》にしてたなんて知らなくて……ごめん、わたしのせいだよね」

そうだよ、あんたのせいだ。

心のなかで、つぶやいた。でも、いわない。この子を責《せ》めても意味がない。口止めしていたわけじゃないし、杏《あん》がお母さんにいわなくても、いつかどこかでばれたような気もする。

「いいよ、べつに」

「ほんと？」

杏《あん》は心底ほっとしたようだった。胸《むね》に手を当てて、ぱっと笑顔《えがお》になった。

「よかったー。ね。心愛《ここあ》、時間できたら、みんなで遊びにいこーよ。ボクシング、もうやめるんでしょ？」

無神経《むしんけい》ないい方にいらっとした。また今度ね、とあいまいに答えて、わたしは自分の席に向かった。面倒《めんどう》くさいこと、この上なかった。

ほんとは、全部あきらめた方が楽なのかもしれない。

どう考えてもお母さんを説得《せっとく》できる自信はないし、だまってジムに通うだけの気力も残っていなかった。こはくとも、ボクシングとも、悲しいけど縁《えん》がなかったとあきらめて、自分を納得《なっとく》させた方がいいのかもしれない。

けれど、頭ではそうわかっていても、わたしはお昼休みのシャドーボクシングをやめられなかった。屋上の、あまり人目につかない貯水《ちょすい》タンクの裏《うら》に立ち、ひとり、こぶしを振《ふ》った。

息が切れ、鼓動《こどう》が速くなる。腕《うで》がだるくなり、汗《あせ》が流れる。身体が熱くなるほど、頭は不思議と澄《す》んでいった。酸素《さんそ》は足りないはずなのに、呼吸《こきゅう》が楽になる気がする。空を見あげて息をつくたび、どうしてだろう、今、生きていると思った。

ときどき、だれかの視線《しせん》を感じた。わたしを指さして笑っている人もいた。でも、関係ない。だれにどう思われても、どうでもよかった。自分のなかにずっと巣くっている何かを、わたしはただ、思いきり殴《なぐ》りたおしたかった。

今年の春は雨が多かった。

五月になっても夕方はほとんど毎日のように雨が降《ふ》り、わたしは決まりきった家事をこなしたあと、部屋の窓《まど》ガラスを伝う水滴《すいてき》を眺《なが》めて夜まで過《す》ごした。いっそこのまま、砂時計《すなどけい》の砂《すな》みたいに、さらさらと時間だけ過《す》ぎていけばいいのに。心も身体もくたびれてしまって、これ以上新しいダメージに耐《た》えられる自信がなかった。

けれど、そういうときにかぎって、人生はろくでもないことがやってくる。

わたしにとっての『ろくでもないこと』とは、ほかでもない、食事会だった。

「明後日なんだけどね」

あの日から十日ほど経《た》った水曜の夜、お母さんはわざわざわたしの部屋まで来ていった。

「野村《のむら》さん、お店予約してくれたの。夜、空けといてくれる?」

「え……」

「心愛《ここあ》、今回はちゃんと来てよ」

言《い》い訳《わけ》を探《さが》しているうちに、ぴしゃりといわれた。いきなり強烈《きょうれつ》なボディブローを打ちこまれた気分だ。あまりの憂鬱《ゆううつ》さにいらっとして、

「お母さん、野村《のむら》さんと結婚《けっこん》するの?」

思いきってストレートを打ちかえしてみた。お母さんは一瞬《いっしゅん》目をみひらいた。んー、と鼻を鳴らして、それからちょっと間をおいて、ほんの少し笑《え》みを浮《う》かべた。

「わかんないよ。心愛《ここあ》の意見も聞かなきゃいけないし。そのための食事会なのよ」

ウソだ。わたしの意見なんて、どうせ聞く気はないくせに。

「とにかくお願いね」

お母さんはそれだけいうと、さっさとリビングにもどってしまった。

わたしはひとり、頭を抱《かか》えた。ため息をつき、奥歯《おくば》をかみしめる。また、歯茎《はぐき》を突《つ》きぬけるように、痛《いた》みが走った。

なんで、と思った。なんでわたしばっかり、いつもがまんしなきゃいけないわけ？　真っ黒に染《そ》まった感情《かんじょう》が、胸《むね》の奥《おく》に一気に広がる。夜の闇《やみ》にも似《に》たその感情《かんじょう》のまんなかに、そのとき、ぽつりと言葉が浮《う》かんだ。

——こはくに会いたい。

言葉が、小さな光に変わる。

虫がいいのはわかってる。でも、どうしても、会って話がしたかった。

雨は次の日も降《ふ》りつづいた。

なんだかすでに梅雨《つゆ》みたいだ。いつも以上に、学校に行くのが億劫《おっくう》で仕方ない。

最近、教室は辻《つじ》さんの話題で持ちきりだ。辻《つじ》さんの五つ上のお兄さんが窃盗《せっとう》で捕《つか》まったという衝撃的《しょうげきてき》なニュースが飛びこんできたからだ。お兄さんは夜な夜な工事現場《げんば》を中心に銅線《どうせん》を盗《ぬす》み、仲間といっしょに売りさばいていたらしい。

さすがにびっくりした。

辻《つじ》さんにお兄さんがいることも、銅線《どうせん》に盗《ぬす》むだけの価値《かち》があることも、わたしはまるで知らなかった。そして、『銅線《どうせん》どろぼう』というセンセーショナルな言葉に、杏《あん》が飛びつかないわけがない。休み時間、グループの子と集まって話すたび、必ず一度はその話題になった。

「辻《つじ》さんも被害者《ひがいしゃ》だよねー。お父さんいないのにお兄ちゃんまでいなくなっちゃって、あーあ、ほんっとに、かわいそー」

杏《あん》の言葉に、グループの子が笑いながらうなずく。

その言葉だけを聞くと、そんなにひどい悪口をいっている感じはしない。けれど、杏《あん》が笑顔《えがお》で同情《どうじょう》を示《しめ》せば示《しめ》すほど、なぜかあざ笑う雰囲気《ふんいき》が強くなる。なんでだろう。杏《あん》の表情《ひょうじょう》が問題なのかもしれない。

わたしはできるだけみんなの悪口にはのらないようにした。でも、仲間に染《そ》まりたくないと思いつつ、強いグループの一員でいられることに安心する気持ちもたしかにあって、自分の卑怯《ひきょう》さにほとほとうんざりした。「どーせん、どーせん」という言葉が飛びかうなか、ただ教室にいるだけで、悪意の糸にからめとられる気がする。うっすら漂《ただよ》う意地の悪い雰囲気《ふんいき》に、息がつまりそうだった。

そんな空気のなか、辻《つじ》さんはひとり孤立《こりつ》している。

学校を休むでもなく、取りみだすこともなく、「どーせん」という言葉が聞こえているのかいないのか、今までどおり、ひっそりと席についていた。

わたしはちょっとだけ、辻《つじ》さんがうらやましかった。お兄ちゃんのことでからかわれるのはいやだろうけど、少なくとも辻《つじ》さんは、がまんして笑ったり、合わない子と四六時中いっしょにいなくてもいい。あんなにひとりの時間がいやだったなんて、今では不思議だ。ひとりの方がずっと楽だった。

昼休み、その日もわたしはシャドーボクシングをした。

屋上の決まった場所に立ち、二分三ラウンド分、きっちり身体を動かした。ぽつり、ぽつりと雨が降《ふ》っていたけど、無視《むし》した。頭を振《ふ》って、手を出して、ガードを固めて、踏《ふ》みこんで……息が上がり、呼吸《こきゅう》が苦しくなればなるほど、やっぱり生きている感じがした。


放課後、わたしは桐野《きりの》ボクシングジムへ向かった。

今日こそ、こはくに会いにいこうと決めていた。朝の雨は上がり、ひさしぶりに澄《す》んだ青空の下、ひとり歩きつづけた。

こはく、今、なにしてるかな。なんで連絡《れんらく》してくれないんだろう。やっぱり、気を悪くしてるのかな。

近くまで行くとやっぱり気が引けてしまって、結局、逃《に》げるようにスーパーに入った。しばらくそのままうろついて、ため息まじりにジムのまわりを歩いていると、道の向こうから見知った顔がやって来た。

「あれ？　立川《たちかわ》さん？」

重森《しげもり》くんだった。

「元気ですか？　急にジムで見かけなくなったから、気になってました。桐野《きりの》さんにきいても、心愛《ここあ》は色々いそがしいんだよ、くらいしか教えてくれないから」

どきっとした。息をひとつつき、元気だよ、と苦笑いを浮《う》かべる。

「重森《しげもり》くんは今日もこはくのとこ？」

「はい。ここんとこ毎日、ジムに行ってます」

「こはく、どんな感じ？　大会前でいそがしそう？」

「うーん。そうでもなさそうですけど。ただ、ちょっとぴりぴりした感じです。なんか、相手がいきなりウクライナの強豪《きょうごう》選手みたいで」

「ウクライナ？」

氷の女王だ、とぴんときた。

「重森《しげもり》くん、くわしいんだね。こはくに聞いたの？」

「お父さんから聞きました。桐野《きりの》さんのお父さん、最初はぼくのこと、『だれだこいつ？』って感じだったんですけど、熱心に顔出してるうちに、だんだん優《やさ》しくなって」

なるほどな、と思った。こはくを学校に誘《さそ》ってくれる子は、たとえ妙《みょう》な男の子であっても、お父さんにとってはありがたい存在《そんざい》なのかもしれない。

「こはくの学校復帰《ふっき》計画は、どう？」

「いやあ、全然だめです」

重森《しげもり》くんはからっと笑った。

「今日はとっておきの作戦があったんですけど」

「作戦？」

重森《しげもり》くんはこっくりとうなずいた。

「ぼく、気づいたんです。石の話をすると、桐野《きりの》さん、途端《とたん》に機嫌《きげん》が悪くなるんです。どうしてかな、って考えて、ようやくわかりました。石の力を過信《かしん》するあまり、悪い意味での他力本願というか、要するにぼく自身の行動が足りてなかったんです」

よく自分で気づいたな、とわたしは感心した。

「だから先週、新潟行ってきました。親戚《しんせき》の家に泊《と》まって、糸魚川《いといがわ》の近くで、ヒスイを取ってきました」

「は？」

「数あるパワーストーンのなかでも、ヒスイは成功と繁栄《はんえい》を約束するすごい石です。糸魚川《いといがわ》は日本有数のヒスイの産地です。川沿《かわぞ》いは採取《さいしゅ》しちゃダメなんですけど、海岸に流れついたヒスイはとっていいんです。雪解《ゆきど》け水が豊富《ほうふ》な今の時期は、とくにねらい目です」

目を輝《かがや》かせて語る重森《しげもり》くんを、わたしはあきれて見つめた。

「今まで持ってった石は、全部ネットショップで買った石です。自分の力で手に入れたものじゃない。だから」

「自力で採《と》りに行ったの？」

重森《しげもり》くんは力強くうなずいた。そして、少しくやしそうに頭をかいた。

「でも、ダメでした。そういうことじゃないみたいです」

「そりゃそうだよ」

わたしは笑った。

「もっと根本的な方法じゃなきゃダメなんでしょうね。もっと、桐野《きりの》さんが自分から学校に行きたくなるような……がんばろうと思います」

「重森《しげもり》くんはすごいね」

「え？」

「まあ、一歩まちがったらストーカーだけど、だれかのためにそこまでできるのはすごいよ。こはくにきついこといわれるの、いやじゃないの？」

「いやですよ。ぼくだって桐野《きりの》さんに嫌《きら》われたくないですし。でも、桐野《きりの》さん、石なんかいらねえとか、さっさと帰れとかはいうんですけど、もう来るなとはいわないんですよ。だから、二度と来るなっていわれるまでは、学校はいいとこだよって、全力でいい続けようと思います」

「学校の、何がいいわけ？」

「桐野《きりの》さんに会えたことです。もう無理だ、やっぱりあと一日だけがんばろう、毎日その繰《く》りかえしで過《す》ごしてたとき、桐野《きりの》さんだけが助けてくれたんです。そんな人もいるって、学校で知ったんです。ぼくにとっては、それがすべてです」

学校がなかったら、そもそもそんないやな目に遭《あ》わなかったんじゃないの？　という言葉はだまっておいた。べつに、こんな道端《みちばた》で重森《しげもり》くんとディベートしたいわけじゃない。

「あ、立川《たちかわ》さん」

急に重森《しげもり》くんがカバンをごそごそと開いた。

「これ、あげます。ヒスイ。立川《たちかわ》さんの分です」

「え、いいの？」

「どーぞどーぞ。そのつもりで採《と》ってきました」

ヒスイの原石をはじめて見た。大きな消しゴムくらいのサイズで、白っぽい見た目にちゃんと深い緑色が入っている。思ったよりずしりと重く、少し冷たくて、さわり心地《ごこち》はけっこうよかった。

「いろんなことがきっとうまくいきます。勇気も出ますよ」

重森《しげもり》くんは得意《とくい》そうに笑った。

重森《しげもり》くんと別れたあと、わたしはまっすぐにジムに向かった。

べつにヒスイのおかげで勇気が出たわけじゃない。でも、今度はためらわなかった。歩道橋の途中《とちゅう》で足を止め、ジムに入る前になかをのぞいた。

こはくはサンドバッグを打っていた。

左ジャブを続けて、右ストレート、サイドステップから、左のボディブロー、左フック。バックステップして頭を振《ふ》り、飛びこみざまに下から左のショートアッパー。間髪入《かんはつい》れずに右ストレート。距離《きょり》を取り、リズムを刻《きざ》むように、また細かく左を突《つ》きはじめる。

なんだかどきどきした。

外からこはくを見るのは、はじめてグローブをつけたあの日以来だ。改めて眺《なが》めていると、あのころは気づかなかったこはくの技術《ぎじゅつ》の高さに舌《した》を巻《ま》く。ひとつひとつの動きが正確《せいかく》で、力みがなく、無駄《むだ》がない。

こはくがこちらに気づいた。胸《むね》が大きく弾《はず》んだ。

手を振《ふ》ると、グローブをしたまま、こはくは全開の笑顔《えがお》で外に出てきた。

「ほんとに来たっ」

「え？」

「あそこでサンドバッグを打ってたら、なんか、心愛《ここあ》に会えるような気がしたの。そしたら、ほんとに心愛《ここあ》が来たっ」

グローブで軽くわたしの肩《かた》をつついて、こはくは目を細めた。

「おかえり。待ってた」

わたしは深々と頭を下げた。

「このあいだはごめんなさい。お母さんがひどいこといっちゃって……」

「いいよ、気にしてないし。こっちこそ連絡《れんらく》しなくてごめん。なんか、なんて送ればいいかわかんなくて、あーっ、てなってた」

グローブをぶんぶん顔の前で振《ふ》りながら、こはくが笑った。二週間も経《た》ってないのに、ずいぶんひさしぶりに会う気がした。ジムに行くことをお母さんに止められていた、と伝えると、

「なるほどー」

こはくはいたずらっぽい目でつぶやいた。

「そしたら、うちおいでよ。すぐ裏《うら》だし」

「え？」

「ジムはだめでも、わたしの家は禁止《きんし》じゃないでしょ？　ちょっと話そうよ」

待ってて、と、こはくはジムにもどっていった。


こはくが住んでいるマンションは、本当にジムのすぐ裏《うら》だった。白くてきれいな四階建てで、その三階の角部屋がこはくたちの家だ。会長はジムにいるらしく、なかにはだれもいなかった。

「どーぞ。麦茶しかないけど」

はじめて入るこはくの部屋は、ずいぶん殺風景《さっぷうけい》だった。机《つくえ》とベッドとテーブルがひとつずつあり、机《つくえ》の上にはノートパソコンとｉＰａｄが置いてある。整頓《せいとん》されているというより、物がない。目をひくものといえば、天井《てんじょう》の隅《すみ》にひとつ、パンチングボールが取りつけられているくらいだ。わたしたちは小さな透明《とうめい》のテーブルをはさんで座《すわ》った。

「部屋、ずいぶんすっきりしてるんだね」

「うん。いろいろ置くと気が散るし、掃除《そうじ》が面倒《めんどう》くさいから」

「本とかもないの？」

「別の部屋に図書室があるよ。家の本はぜーんぶ、そこにまとめてるの。のぞいてみる？」

「あ、大丈夫《だいじょうぶ》。調子、どう？」

「絶好調《ぜっこうちょう》よ」

練習着のまま、こはくが笑った。

「UJ、今年は絶対優勝《ぜったいゆうしょう》してやろうと思って」

「なんか、すごい強い子がいるって」

「ああ、ウクライナのユリアでしょ。見る？」

「なにを？」

「ユリアの試合。去年の大会、ネットで見られるんだよ」

こはくが机《つくえ》からiPadを持ってきたので、横に行き、ふたりで見た。相手の子は二つ上の学年で、やっぱり名の知れた女子選手だという。

試合は静かな立ちあがりだった。おたがいジャブを打ちあい、けん制《せい》している感じだ。ただ、どちらかといえば相手の子が優勢《ゆうせい》に見えた。細かくジャブを散らす相手に対し、ユリアさんはガードを固めてしのいでいる印象だ。

「様子を見てるんだよ。とにかく序盤《じょばん》は慎重《しんちょう》で、絶対《ぜったい》に無理をしない」

試合が動いたのは二ラウンド目だった。左のボディブローを皮切りに、ユリアさんが前に出はじめる。相手の子もガードがうまいけど、徐々《じょじょ》に押《お》しこまれていく。左フック、右ストレート、画面越《ご》しでもわかるくらい、一発一発が重い。最後はロープ際《ぎわ》に追いつめた相手の身体が横向きになったところで、とどめを刺《さ》すように、強烈《きょうれつ》な右ボディが決まった。垂直《すいちょく》にうずくまるように、身体が沈《しず》んだ。

「アンダージュニアの試合で、こんなダメージ受けること、ほとんどないんだけどね」

くいいるように画面を見つめながら、こはくがぽつりといった。

「ユリアは異常《いじょう》にパンチ力があるし、打つタイミングがいいんだ。だから、ただのボディがこんなに効《き》く。相手の子、まだ立てないでしょ。やるなあって感じよね」

おなかを押《お》さえたまま動けない相手選手の姿《すがた》を見ていると、ぞっとした。

ボクシングは格闘技《かくとうぎ》なんだって、あらためて実感する。

「こはく、勝てるの？」

声が震《ふる》えそうになった。

「あたりまえでしょ」

にっ、とこはくが笑った。

「いくらパンチあっても、当たんないよ、わたしには。そうだ、心愛《ここあ》、日曜日だけど」

「なに？」

「ユリアとの試合、見にきてよ」


「スポーツなんて見るくらいなら、英単語でも暗記してた方がいい」

おしゃれなフレンチの個室《こしつ》で、くちゃくちゃと肉をかみながら、真っ赤な顔の野《の》村《むら》さんはきっぱりと断言《だんげん》した。

こはくの家に行った翌日《よくじつ》の夜、野村《のむら》さんとの会食は、やっぱりおそろしくつまらなかった。

「やれ、どこのチームが勝ったとか、なんとかって選手が活躍《かつやく》したとか、毎日毎日スポーツニュースでバカ騒《さわ》ぎして、くだらないよね。だれかの成功を見たところで、見ている人間はなにひとつ成長してないのに」

むっとしたものの、わたしはだまって薄張《うすは》りグラスの水を飲んだ。口をきくことすら不愉快《ふゆかい》で、反論《はんろん》する気にもなれない。

とにかく自信満々の人だった。

若《わか》いころアメリカに留学《りゅうがく》したことがあって、今は地元の歯科医師会《しかいしかい》の上の方で、どっかの中学校の歯科健診《けんしん》もやっていて、マスコミが取材に来たこともあって……話の九割《わり》が自分の話で、残り一割《わり》はお母さんへのお世辞と目の前の料理の話だ。

お母さんは上機嫌《じょうきげん》で、笑いながらお酒をたくさん飲んだ。野村《のむら》さんも飲んだ。お酒のペースが上がると目がすわり、急に話し方がしつこくなってきた。

「それで、心愛《ここあ》ちゃんは何が趣味《しゅみ》なの？　ひまなとき、なにやってんの？」

なれなれしい口調にげんなりしつつ、しぶしぶ、スポーツ観戦です、とこたえた。すると突然《とつぜん》、野村《のむら》さんはいかにスポーツを見ることが無駄《むだ》か、ということを力説し、日本全体に対して怒《おこ》りはじめた。

「ワールドカップだのオリンピックだの、大騒《おおさわ》ぎしすぎなんだよ。だから日本人はダメなんだ。発展《はってん》しないんだよ。ほかの国の経済《けいざい》が伸《の》びているのに、日本はここ三十年で……」

やっぱりこのひと苦手だな、とため息をつき、わたしはそっとトイレに向かった。もう帰りたい。

洗面所《せんめんじょ》で手を洗《あら》ったあと、鏡に映《うつ》った自分を見た。

お母さんが選んだ薄《うす》いピンクのブラウスに、黒のロングスカートと金のイヤリング。ふだんは下ろしている髪《かみ》をアップにしたせいもあって、いつもよりずいぶん大人っぽく見える。でも、こんな服より、トレーニングウェアの方がずっといい。わたしはサンドバッグを打つこはくの姿《すがた》を思《おも》い浮《う》かべた。昨日、観戦の誘《さそ》いを受けてから、ずっと明後日開催《かいさい》するこはくの東京予選のことを考えていた。

「見にきてって、観戦チケットとかあるの?」

わたしがたずねると、こはくは首を振《ふ》った。

「当日は関係者しか会場には入れない。だから、心愛《ここあ》にちょっと手伝ってほしいんだ。うちのスタッフとして」

こはくの話だと、大会当日、セコンドとは別に各ジム一名、試合の撮影係《さつえいがかり》として入場が許可《きょか》されるという。

「撮影《さつえい》っていっても、リングのそばで三脚《さんきゃく》立てて撮《と》るだけだから、難《むずか》しくないよ。うちのジムからはわたししか出ないし、実はもう父親にも話つけてあるから」

行きたい、とすぐに思った。ただ、問題はお母さんだ。万が一ばれたら確実《かくじつ》に面《めん》倒《どう》くさいことになる。だから、いったん返事は保留《ほりゅう》にしてもらったものの、時間が経《た》つとどんどん行きたい気持ちが強くなってきた。そもそも、お母さんとの約束は、二度とジムに行かないということだけだ。友だちの応援《おうえん》に行くことを禁止《きんし》されているわけじゃない。

それに、と思った。お母さんのために、今こうやって、来たくもない食事会に参加してるんだ。ちょっとくらい、わたしも好きなことをしたっていいじゃないか。

テーブルにもどると、ふたりはずいぶん楽しそうだった。お母さんも、野村《のむら》さんも、べつにわたしを見てはいなかった。そっと奥歯《おくば》をかみしめると、またずきりと痛《いた》みが走る。最近、痛《いた》みが少し強くなった気がする。

ばれてもいいや。

ふたりの笑顔《えがお》を見ているうちに、ふっと気持ちがかたまった。

明後日は、こはくの応援《おうえん》に行こう。


二日後、朝から真夏みたいに暑くなり、東京地区予選の日がやってきた。

会場は車で一時間ほどかかる町にある。遠いのでお母さんに見つかる可能性《かのうせい》は低いし、ばれてもいい、と腹《はら》をくくったつもりだったのに、朝七時、家を出るときはかなりドキドキした。

こはくに同行するのは、会長とトレーナーの多田《ただ》さんとわたしだけだ。こはくの家に到着《とうちゃく》すると、多田《ただ》さんはすでに来ていて、車に荷物を積みこんでいるところだった。三人とも、ジムのおそろいのジャージを着ていた。

「おはよう。心愛《ここあ》、今日はよろしくね」

髪《かみ》を切ったばかりのこはくは、なんとなくすっきりした顔をしていた。つきあってもらってすいません、と会長と多田《ただ》さんまで頭を下げてきたので、わたしはあわてて首を振《ふ》った。

「いえ、こちらこそ。撮影《さつえい》、がんばります」

昨日、こはくにカメラとマニュアルを借りて、操作《そうさ》についてはひととおりおぼえてきた。ただ、本番、うまくできるかは不安だ。

どうか失敗しませんように、と祈《いの》りつつ、わたしは車に乗りこんだ。

アンダージュニア女子の全国大会は、夏と年度末の春に一度ずつ開催《かいさい》する。

とくに夏の大会はＵＪボクシング王座《おうざ》決定戦と呼《よ》ばれ、中学生の年代では一番大きなボクシングの大会だ。都内のジムに所属《しょぞく》する選手は、各階級で東京、関東、東日本の順にブロック予選があり、勝《か》ち抜《ぬ》いた選手が西の代表と王座《おうざ》をかけて戦う。

ふつうに考えれば、同じ階級の男子選手にさえ引けを取らないこはくが、地区予選で負けることはありえない。ただ、今年は去年の王座《おうざ》決定戦に続いて三月の全国大会も優勝《ゆうしょう》した同い年のウクライナ人、ユリア・アレクタさんが東京地区予選に出場する。三月大会の王者は、本来は夏の大会の東京予選を免除《めんじょ》される。でも、ユリアさんは今回階級をひとつ上げたため、シード権《けん》は消滅《しょうめつ》し、地区予選からの出場になるという。日本のジムに所属《しょぞく》さえしていれば、基本的《きほんてき》には国籍《こくせき》に関係なく大会に出られるらしかった。

ネットで名前を検索《けんさく》すると、ユリアさんの情報《じょうほう》はいろいろ出てきた。戦争の影響《えいきょう》でお母さんとふたり、日本に来ていること。お母さんは居酒屋《いざかや》で働いていること。

ウクライナではこはくと同じように男子選手相手に練習し、日本に来てからはいまだ無敗であること。試合の映像《えいぞう》も繰《く》りかえし見た。ユリアさんのことを知れば知るほど、彼女《かのじょ》の強さがますます浮《う》き彫《ぼ》りになる。それでもわたしはこはくが勝つと信じていたけど、不安は大きくなるばかりだ。

当のこはくは、いつもとまるで変わらなかった。

自信たっぷりで、おしゃべりで、機嫌《きげん》が良くて、負けることなんてこれっぽっちも考えていないようだった。どうしてこはくは、わたしを試合に誘《さそ》ったんだろう。ボクシングをやめてほしくないからだろうか。でも、いくらボクシングがしたくても、お母さんが許《ゆる》さないかぎり、続けるのは無理だ。わたしにとってはユリアさん以上に、お母さんは難攻不落《なんこうふらく》の巨大《きょだい》な壁《かべ》に思えた。

東京地区予選の会場は、思ったより大きな体育館だった。

わたしは三人のあとを追うように、一番うしろから会場に入った。受付で来場者パスを受けとり、選手控室《ひかえしつ》に向かう。選手は午前中、健診《けんしん》と計量があり、試合は一時半からだ。

アンダージュニア中学女子の階級は、三十キロから七十二キロまで、十三階級に分かれている。こはくは四十二キロ級だ。東京予選で同じ階級の女子選手はユリアさんだけなので、勝つか負けるか、まさに一発勝負だった。

別室での健診《けんしん》と計量が終わり、試合開始まで一時間を切ると、控室《ひかえしつ》の外でウォーミングアップを始める選手が出てきた。こはくものんびりとストレッチを始めた。

そのとき、十メートルほど先の廊下《ろうか》に、シャドーボクシングをしているユリアさんを見つけた。

雑誌《ざっし》やネットで何度も見ていたけど、実物のユリアさんは写真で見た以上にきれいな顔をしていた。こはくとは対照的に、見るからに張《は》りつめた雰囲気《ふんいき》が伝わってくる。氷の女王、という異名《いみょう》と、動画で見た衝撃的《しょうげきてき》なパンチ力がふとよぎり、気がつくと、ぎゅっとにぎりしめた右のこぶしが震《ふる》えていた。

左手で抑《おさ》えようとしても、止められない。自分がリングに立つわけでもないのに、こわくてたまらなかった。わたしはよっぽどおびえた表情《ひょうじょう》をしていたんだろう。

「心愛《ここあ》、こわいの？」

試合開始二十分前、競技用《きょうぎよう》の赤いシャツとトランクスを身につけたこはくが、いつものように明るく笑いかけてきた。

わたしはこはくを見つめた。こはくの努力を、かけてきた時間の重みを、ボクシングへの想《おも》いの強さを、わたしは知っていた。そして、こはくが輝《かがや》けば輝《かがや》くほど、真っ暗に沈《しず》んだわたしのなかに、たくさんの小さな光の粒《つぶ》が舞《ま》いあがることを知っていた。その光のかけらが、今まで、ずっと助けてくれたんだ。

だからこそ、もし負けたらと思うと、胸《むね》がつぶれそうになる。こはくが負けるところだけは見たくない。なにがあっても絶対《ぜったい》に勝って、自信たっぷりに、弱気なわたしを笑ってほしかった。

「まあ、相手も強いけどさ。負けないよ、わたしは」

わかってる、と笑おうとしたのに、ほおがひきつって、動かない。

「大丈夫《だいじょうぶ》」

こはくがわたしの肩《かた》に手を回し、ささやくようにいった。

「心愛《ここあ》、わたしを見て。わたしだけ見て。なんにも心配いらないから」

こはくの手に、力がこもった。

「絶対《ぜったい》、勝つ」

わたしはうなずいた。

「おし、それじゃ行くぞ」

会長が落ちついた声でいった。こはくが小さく、その場で跳《は》ねる。わたしの胸《むね》も同時に速く、大きく鳴った。

神さま――背中《せなか》を見ながら、強く祈《いの》った。どうか、こはくを勝たせてください。


会長を先頭に、わたしたちは試合会場に入った。

広い空間は、エアコンが利《き》いていてかなり涼《すず》しい。こはくは会場の隅《すみ》で試合用のシューズに履《は》きかえると、決められた場所でチェックを受け、グローブとヘッドギアをつけた。プロの試合みたいに派手《はで》な入場シーンはないので、前の試合が終わると、わたしたちはすぐに赤コーナーに移動《いどう》した。

セコンドの少しうしろに三脚《さんきゃく》とカメラを設置《せっち》し、リングを見る。距離《きょり》にすると二メートルくらいだろうか。同じサイズのはずなのに、会場のリングはジムよりずいぶん大きく見えた。照明は明るいし、高い場所にある窓《まど》からも光が降《ふ》りそそいでいる。なのに、暗い。どこか威圧的《いあってき》で、リングはとてもおそろしい場所に見えた。

「四十二キロ級、両選手の紹介《しょうかい》を行います。赤コーナー、桐野《きりの》こはくさん、町屋《まちや》南中学校」

こはくが軽《かろ》やかにロープをまたぎ、こちらに手をあげた。

いつもと同じ、リラックスした様子だ。

「青コーナー、ユリア・アレクタさん、梅《うめ》ヶ崎《さき》中学校」

ユリアさんは額《ひたい》、胸《むね》、右、左と十字を切ってリングに上がった。整った横顔はまったくの無表情《むひょうじょう》だ。かすかにあごを引き、少し上目遣《うわめづか》いで、まっすぐにこはくを見つめていた。

レフェリーとジャッジの人たちの名前がアナウンスされたあと、レフェリーがふたりをリング中央に呼《よ》んだ。一言、二言、声をかけるたび、会場の空気がゆっくりと冷えていく。ユリアさんは微動《びどう》だにしない。こはくが左胸《ひだりむね》を三回叩《たた》いた。ふたりがコーナーにもどっていく。

静寂《せいじゃく》を打ちこわすように、ゴングが鳴った。

最初に動いたのはこはくだ。きれいなジャブの連打から、身体を左右に振《ふ》って距《きょ》離《り》をつめていく。ユリアさんが左を返した。こはくはバックステップで難《なん》なくかわして、またジャブを打つ。距離《きょり》をつめ、ジャブからの左ボディブロー、左フック、右ストレート。流れるようなコンビネーションに、ユリアさんの身体が揺《ゆ》れる。

「よし、いいよっ」

多田《ただ》さんが叫《さけ》んだ。

けれど、ユリアさんのガードは崩《くず》れない。打ちおわり、今度《こんど》はユリアさんのジャブからの右ボディ、こはくはガードで防《ふせ》いだものの、少し身体が泳いだ。軽く距離《きょり》を取り、おたがいジャブを交《か》わしているところで、一ラウンド二分が終わった。

わたしは二人の動きに目が釘付《くぎづ》けだった。てのひらは汗《あせ》でびっしょりだ。動きは明らかにこはくの方が速い。ただ、ユリアさんに動揺《どうよう》は見えない。右のボディブローでこはくの身体が揺《ゆ》れた場面を見ても、パンチの強さは想像《そうぞう》以上だ。

一ラウンド、会長はどう見たんだろう。わたしには、まだどちらにも有効打《ゆうこうだ》はないように見えた。胸《むね》の鼓動《こどう》がさらに大きくなる。

一分のインターバルをはさんで、二ラウンドが始まった。

またしても最初に攻《せ》めたのはこはくだった。軽《かろ》やかにステップを刻《きざ》んで、左ジャブ、相手のガードが上がったところに右のボディブロー。反撃《はんげき》をバックステップでかわして、今度は長い距離《きょり》から飛びこみざまに右ストレート。こはくのスピードがさらに上がる。いくつかフェイントをかけながら、一気に手数を増《ふ》やしていく。いつかの、萩原《はぎわら》くんとのスパーリングを見ているようだった。

ユリアさんは手が出せない。ガードを固めて、左ジャブを伸《の》ばしたところを、こはくは右に回りこんで右フックを打った。はじめてユリアさんの顔にまともにヒットした。体勢《たいせい》が崩《くず》れる。いけるっ、と思った瞬間《しゅんかん》、ユリアさんが身体を下からひねるように右のアッパーを繰《く》りだした。こはくがかわした。伸《の》びた上半身を追撃《ついげき》するように、今度《こんど》は左の打ちおろしが飛んでくる。こはくが身体をひねった。間一髪《かんいっぱつ》だった。

こはくがバックステップで距離《きょり》を取る。ユリアさんが前に出る。左ジャブ、右ストレート、左のショートアッパー。こはくは弧《こ》を描《えが》くように、左回りに動く。対するユリアさんの動きは直線的だ。パンチも身体の動きも、見るからに力強かった。

ユリアさんが攻《せ》める。ジャブを伸《の》ばしたところ、こはくはパーリング※で弾《はじ》いて、いきなり右のショートアッパーを放った。トリッキーな動きだった。ユリアさんがスウェーでかろうじてかわす。さらに左フック、右ストレート。すべてガードで防《ふせ》

※パーリング＝相手のパンチを払《はら》うテクニックのこと。

がれた。こはくがまた距離《きょり》を取る。おたがい、ジャブを突《つ》きながら、様子を見ている感じだった。

こはくはユリアさんのストレートに、カウンターを合わせようとしているように見えた。一方、ユリアさんの狙《ねら》いはわからない。映像《えいぞう》で見た印象よりディフェンスが上手で、ガードがなかなか崩《くず》れない。軽く交差させた腕《うで》のすきまから、上目遣《うわめづか》いに、静かに、なにかを見極《みきわ》めているようだった。

ふたりの身体がリングに揺《ゆ》れる。シューズがこすれる音がする。張《は》りつめた空気が会場いっぱいに広がっていく。

ユリアさんが出る。左ジャブからの右ストレート。あっ、と思った。こはくが狙《ねら》いすましたように左を合わせた。完璧《かんぺき》なカウンター。決まった——ように見えた。でも、ユリアさんは倒《たお》れない。左にかすかに傾《かたむ》いたまま、なんと斜《なな》めに突《つ》きあげるように、そこから左のショートアッパーを放った。こはくはスウェーでかわした。パンチが顔をかすめた。当たっていないように見えた。けれど、二歩、三歩、こはくは下がって、しりもちをついた。すべての音が消えたような気がした。

「ダウンっ」

レフェリーが叫《さけ》んだ。

一瞬《いっしゅん》、なにが起こったかわからなかった。こはくはすぐに立ちあがった。ちがうちがう、というように、右こぶしを大きく振《ふ》った。カウントが続く。こはくがマウスピースをリングに吐《は》きだした。

「スリップ※だよっ。ちゃんと見てっ」

「ストップっ」

審判《しんぱん》が無表情《むひょうじょう》に告《つ》げた。

「警告《けいこく》っ」

こはくの顔が赤くなる。

「どこ見てんだ、くそ審判《しんぱん》っ。スリップだって」

「こはく、やめろっ」

セコンドの会長が叫《さけ》んだ。

「失格《しっかく》っ」

審判《しんぱん》が首を振《ふ》った。

一瞬《いっしゅん》の幕切《まくぎ》れだった。会場は騒然《そうぜん》となった。

※スリップ＝パンチ以外で転んだり滑《すべ》ったりすること。

「ふざけんなっ」

こはくが叫《さけ》んだ。

その向こうで、わたしは見た。リングの中央で、レフェリーに腕《うで》を上げられたユリアさんの姿《すがた》を。勝ったのに、ユリアさんは笑っていなかった。泣いていた。グローブで顔を押《お》さえて、泣きながらリングの四方に、ゆっくりと頭を下げていた。そして、まっすぐにこはくの元に向かった。興奮《こうふん》したこはくは気づかない。ユリアさんは一瞬《いっしゅん》、悲しそうな顔をして、こちらのコーナーに丁寧《ていねい》に頭を下げ、自分のコーナーにもどっていった。


控室《ひかえしつ》にもどってからも、こはくの怒《いか》りはおさまらなかった。

「見ただろ、当たってないって。バランス崩《くず》しただけでダウンとか、ふざけんなっ」

「もうやめろ。冷静に、後半立てなおせば勝てるチャンスもあった。冷静さを失った時点でおまえの負けだ」

「あのクソみたいな誤審《ごしん》がなきゃふつうに勝ってたよ。冷静さとか、関係あるかっ」

「バカがっ。審判《しんぱん》は絶対《ぜったい》なんだ。試合以前の問題だ」

「うるせえっ」

こはくがこんなに取りみだす姿《すがた》をはじめて見た。トレーナーの多田《ただ》さんもどうしていいかわからないようで、心配そうに会長とこはくを見守っていた。わたしはただ、おろおろした。負けたことにも驚《おどろ》いたけど、あまりにも感情的《かんじょうてき》になっていることはくに、もっとびっくりした。

そのとき、こはくと目があった。

「こはく……」

何をいえばいいかわからなかった。

「こはく、いい試合だったよ。こはくの方が優勢《ゆうせい》に見えたし……」

「心愛《ここあ》はだまってて」

「え？」

「なんにもわかんないくせに、余計《よけい》なこといわないでっ」

「いいかげんにしろっ」

会長が叫《さけ》んだ。まわりの人が振《ふ》りかえるほど、大きな声だった。

「あたま冷やせっ。おまえが頼《たの》んできてもらったのに、そんな言い方、あるかっ」

こはくがぎゅっと口を横に結んだ。

「心愛《ここあ》さん、ちょっといいかな？」

会長はわたしを連れて待合室の外に出た。近くの自動販売機《はんばいき》でペットボトルのポカリを買い、人の少ない非常口《ひじょうぐち》の前に立って、わたしに手渡《てわた》した。

「せっかく手伝ってもらったのに、こんなことになって本当に申しわけないです」

会長は顔をくもらせて頭を下げた。

「いえ、そんな……」

「まさか、あんなに未熟《みじゅく》とは思わなかった。こはく、同い年の子に負けたの、はじめてなんです。あいつの母親のこと、聞いてます？」

わたしはちょっと迷《まよ》ってから、うなずいた。

「はい、少し」

会長は、ふーっと息をついた。

「あいつ、どっかで信じてるんです。ボクシングで有名になれば、また母親が会いに来てくれるって。だれにも負けずにプロになれば、いつか必ず会えるって。ずっとその思いでがんばってきたから、余計《よけい》に……」

「最後のパンチって、当たってたんですか？」

わたしがたずねると、会長はゆっくりと首を振《ふ》った。

「当たってないです。でも、それは関係ない。誤審《ごしん》なんてめずらしくもないし、プロになって相手の国で試合をするとき、基本《きほん》、判定《はんてい》は向こうびいきです。とにかく、審判《しんぱん》に突《つ》っかかるなんてありえない。私《わたし》の指導《しどう》が甘《あま》かった」

うつむいて、会長はがっくりと肩《かた》を落とした。

「心愛《ここあ》さん、今日は先に帰ってください。車で送るよう、多田《ただ》さんにいっときます」

「でも」

「こはくをひとりにしたいんです。負けをだれかのせいにするんじゃなくて、自分に責任《せきにん》があるってことを、ここでわからないといけない。そうじゃないと、先には進めないから」

「わかりました」

わたしはため息をついた。

「ひとつだけ、きいてもいいですか？」

「なんですか？」

「今日、わたしがスタッフとして参加すること、どうして許《ゆる》してくれたんですか？」

「え？」

「うちの母にばれたら面倒《めんどう》なことになるってわかってて、会長が許《ゆる》してくれたことが不思議で……」

「ああ、それは」

会長はちょっと気まずそうに口ごもった。

「どうしても心愛《ここあ》さんに試合を見せたいって、こはくに頼《たの》まれたんです。あいつ、いきなり土下座《どげざ》までして……こんなことになるなんて、ほんとに思ってなかったはずです」

こはくが土下座《どげざ》。あのこはくが、会長に土下座《どげざ》。

あまりにびっくりして、一瞬《いっしゅん》、頭が麻痺《まひ》した。なぜ、と思った。そうまでしてわたしに試合を見せたかったのは、どうしてなんだろう。

「会長は」ひとつだけ、といっておきながら、わたしはさらに質問《しつもん》を重ねた。

「今、こはくが学校に行ってないこと、どう思ってるんですか？」

ぎくり、とした目で、会長はこちらを見た。

「それは、どういう意味かな？」

「わたしもときどきわからなくなるんです。学校、なんで行かなくちゃいけないのか」

今、きくような質問《しつもん》じゃないことはわかっていた。でも、知りたかった。

最初は猛反対《もうはんたい》していたのに、今、会長がこはくの不登校を認《みと》めている理由を。

会長は目をぱちぱちさせて、ぎこちなく笑った。

「そりゃ、親としてはもちろん、学校行ってほしいですよ。今日の様子を見ても、あいつはまだ精神的《せいしんてき》に未熟《みじゅく》です。中学に行って、自分と考えが合わない相手とか、理不尽《りふじん》な仕打ちと向きあうことも、成長に必要なことだと思います。だから、あいつが学校に行かないっていったとき、私《わたし》は怒《おこ》った。それならボクシングもやめろ、っていったんです。でもね、そしたらこはく、自分からボクシングを奪《うば》うなら、死ぬ、っていいました。そんなこと簡単《かんたん》にいうなって叱《しか》ったんですけど、あいつは本気だった。親ならわかります。本気で、死ぬつもりだった。それがわかったら、なんにもいえなくなりました」

「義務《ぎむ》教育も満足に行けない子は、ろくな大人になれない、っていう人もいます」

「耳が痛《いた》いなあ、それは」

会長はこまったように頭をかいた。

「ただ、義務《ぎむ》とはいうけど、実際《じっさい》には学校に行かなくても、すぐに大きな罰《ばつ》があるわけじゃない。もちろん、行けるなら行った方がいいですよ。そうすりゃ少なくとも、まわりからとやかくいわれずにすむ。その方が楽です。楽だから行く。行かない理由がないから、行く。学校なんて、その程度《ていど》のもんだと思ってます。だから、まわりから何をいわれてもかまわない覚悟《かくご》があるとか、そもそも学校に行くことが苦痛《くつう》で仕方ないなら、無理しなくてもいいんじゃないですか？」

答えになってるかわかんないですけど、と会長は首をひねった。

わたしは受けとったポカリを一口、飲んだ。

微妙《びみょう》な甘《あま》さが口のなかに広がる。重森《しげもり》くんも、お母さんも、会長も、みんなバラバラなことをいう。たぶん、答えはひとつじゃないから。自分にとっての答えを、自分で探《さが》さなきゃいけないから。

「ありがとうございます」

わたしは頭を下げた。いきなりの乱暴《らんぼう》な質問《しつもん》に、まっすぐ答えてくれたことが、わたしはうれしかった。

「いやいや、こっちこそ。心愛《ここあ》さん、私《わたし》はね、感謝《かんしゃ》してるんです。あいつ、心愛《ここあ》さんがジムに来てたとき、ほんとに楽しそうでね。最近はクラスの男の子もちょくちょく学校に誘《さそ》ってくれて、幸せなやつです。親としては待つしかなくて……って、ただの言《い》い訳《わけ》かな。ダメな親です、ほんとにね」

おでこに手を当てて、会長は笑った。ありがとうございました、と、わたしはもう一度お礼をいった。


家に着いたのは三時過《す》ぎだった。

めずらしく日曜休みのお母さんは、リビングで恋愛映画《れんあいえいが》を見ていた。

「おかえり。勉強はかどった？」

テレビに目を向けたまま、お母さんはたずねた。図書館で勉強するという、昨日の夜についたわたしのウソを、まるで疑《うたが》っていなかった。

「うん。ちょっとつかれちゃった」

逃《に》げるように自分の部屋に行き、ベッドに寝《ね》ころんだ。目を閉《と》じると、すぐにいくつもの言葉と光景が頭のなかに浮《う》かびあがる。

絶対《ぜったい》勝つ、というこはくの言葉。リングの上で激《はげ》しく打ちあうこはくとユリアさん。ふらふらとしりもちをつくこはく。会長といい争い、わたしをにらみつけたこはくの目……。


どなられたときは、本当にショックだった。

でも、今はそうでもない。勢《いきお》いでいっただけかなって、なんとなくわかるし、むしろ、こはくのことが心配で仕方ない。今、何してるんだろう。ちゃんと休んでいるんだろうか。会長から聞いた、お母さんへのこはくの想《おも》いがふとよぎり、胸《むね》が苦しくなった。本当は、すぐにでも会いに行きたい。どなられても、にらまれてもいいから、こはくに無性《むしょう》に会いたかった。


こはくからＬＩＮＥが来たのは、その夜だいぶ遅《おそ》くなってからだった。

「今日はありがとう。ひどいことといってごめんね。反省してます」

わたしはすぐに返信した。

「気にしてないよ。ゆっくり休んで！」

暗闇《くらやみ》で、うっすらと光を放つスマホを見ながら、こはくがぐっすり眠《ねむ》れますように、と心から願った。

Chapter 5

光の粒《つぶ》が舞《ま》いあがる

地区大会翌日《よくじつ》の月曜日、学校が終わるとわたしはジムに向かった。

お母さんのジム禁止令《きんしれい》のことは、完全に吹《ふ》っきれていた。

それより、こはくのことが気になって仕方ない。

もう立ちなおっただろうか。

それともショックを引きずって、元気をなくしたままだろうか。

こはくが落ちこんでいる姿《すがた》を想像《そうぞう》すると、気が重くなる。

暗い顔はこはくには似合《にあ》わない。

どんな言葉をかけるか迷《まよ》いつつ、おそるおそる、わたしは歩道橋の階段《かいだん》からジムの様子をのぞいた。

そして、目をみはった。

踊《おど》ってる！

ヒップホップだろうか。シャドーボクシングのときに使う鏡張《かがみば》りの壁《かべ》の前で、こはくは大きく腕《うで》を振《ふ》り、身体を動かして、華麗《かれい》にターンを決めていた。リズム感たっぷりの、かなり速い動きだ。趣味《しゅみ》でやっているようなレベルじゃない。運動神経《しんけい》が服を着ているみたいな子だな、と、わたしはあらためて感心した。

こはくがこちらに気づいて、手を振《ふ》って外に出てきた。いつもとちがって、白いヘアバンドをつけ、だぼっとした白シャツを着ている。ダンサー・こはくだ。わたしたちは階段《かいだん》をのぼり、歩道橋の上で並《なら》んで話した。

「昨日はごめん」

両手をぱちんと顔の前で合わせて、こはくはいった。わたしは笑った。

「いいよ、もう。それより、なんでダンス？」

「前にね、練習の一環《いっかん》で習ってたの。もやもやするときは、踊《おど》るにかぎるっ」

笑いながら、こはくはその場で小さくステップを踏《ふ》み、くるりと回った。

よかった。もうすっかり、吹《ふ》っきれているみたいだ。

「昨日、父親とふたりでさ」

こはくは少し気まずそうに、もごもごいった。

「あやまりに行ってきたんだよ、ユリアんとこ。向こうのジム行って、今日はすいませんでした、って頭下げたら、あの子、なんていったと思う？　にっこり笑って、たどたどしい日本語で、きょうは、わたしとしあい、してくれてありがとうございました、だって」

こはくが笑った。

「負けたーって思ったよ。すごいよね、あの子。それでもう一回、ちゃんとあやまって、LINE交換《こうかん》して、握手《あくしゅ》して別れたんだ」

「LINE、交換《こうかん》したの？」

そーだよ、とこはくはうなずいた。

こはくらしいな、とわたしも笑った。そのとき、

「ごめんね」

こはくがぼそりといった。

「え？」

「わたし、どうしても、心愛《ここあ》に勝つとこ見せたかったんだ。あの日――おばさんがジムに来た日、心愛《ここあ》があまりにもつらそうで……ひさしぶりに会ってもやっぱり元気ないし、すかっと勝つとこ見せて、元気になってほしかった。本当にすごいボク

サーはね、リングの上できらきら光って、見てる人を元気にできるんだよ。わたしもそんなふうになりたくて、ずっとずっと、なりたくて……」

はっとした。こはくは笑顔《えがお》だった。

なのに、両目からぽろぽろぽろ、涙《なみだ》がこぼれていた。

「ああもうっ、ほんっと、カッコ悪いなあ」

「こはくっ」

わたしは叫《さけ》んだ。

「心愛《ここあ》、ごめん。カッコ悪いとこ見せて、ごめん。元気にするどころか、心配かけて、いやな思いさせて、ほんとに、ほんとに、ほんとに、ごめんね」

「ちがうよ。ちがうよ。だって……」

わたしは必死に言葉を探《さが》した。あやまるのはちがうよ。だって……」

「だって、わたし、ありがとうって言葉しか、思いつかないよ」

こはくはぐい、と涙《なみだ》をぬぐった。

「わたしはまだ、弱いけど」

真っ赤な目のまま唇《くちびる》を震《ふる》わせて、小さく笑った。

「でも、次は勝つ。負けても、カッコ悪くても――立ちあがって、やるしかないから」

やるしかない、というその声が、耳の奥《おく》で静かに響《ひび》いた。

負けても、こはくは立っていた。立ちあがって、ちゃんと前を見ていた。わたしの心のなかで、またいくつもの光の粒《つぶ》が舞《ま》いあがる。ボクサーってすごい。こはくも、ユリアさんも、本当にかっこよかった。

ゆっくりと吹《ふ》きわたる春の風につつまれて、前よりさらに、わたしはボクシングが好きになった。

その夜、手早く家事と夕食をすませたあと、わたしは自分の部屋でひとり、お母さんを待った。朝、外で食べてくるとはいっていたものの、そんなに遅《おそ》くはならないはずだった。帰ったら、話をしようと決めていた。

こはくと歩道橋で別れてからひとり、考えた。

まだ少しつらそうな感じもあったけど、もうたぶん、こはくは大丈夫《だいじょうぶ》だ。わたしの心配なんて必要なかった。こはくは強い。だれかの目なんて気にしないし、たとえ負けてもすぐ立ちあがる。陰口《かげぐち》を叩《たた》かれても、不登校って笑われても、たぶん、天涯孤独《てんがいこどく》の身になったって、今日までのトレーニングを淡々《たんたん》と続けるはずだ。

　どうしてあんなに強いんだろう。

　わたしは、自分にとって一番大切なことを、こはくがちゃんとわかっているからだと思っていた。でもちがう。それだけじゃない。自分の大切なことを、好きなことを守るために、こはくには覚悟《かくご》がある。文字どおり、命をかけて戦うくらい、強烈《きょうれつ》な覚悟《かくご》が。

　わたしはそうじゃない。

　自分の気持ちにふたをして、ひたすらがまんして、今日まで来た。心愛《ここあ》は優《やさ》しいねっていわれるけど、ほんとはちがう。

　こわいんだ。

　自分の気持ちを守るために、わたしは一度も戦ってはこなかった。

　今、自分のなかにある気持ちはなに？

　だれの意見も関係なく、本当に、心の底からやりたいことは？

　答えはシンプルだった。

――わたし、ボクシングがしたい。

今度こそ、ちゃんとお母さんに気持ちを伝えよう。きちんと伝えて、許可《きょか》をもらって、本気でボクシングに取りくむんだ。かたく誓《ちか》って、どきどきしながら、わたしは玄関《げんかん》ドアが開く瞬間《しゅんかん》を待ちつづけた。

お母さんはなかなか帰ってこなかった。

今夜は少し冷える。もう春の終わりなのに、季節が逆《ぎゃく》もどりしたみたいだ。夕方から降《ふ》りだした雨が強くなり、だれもいない家のなかに、かすかに、窓《まど》を打つ水滴《すいてき》の音だけが聞こえた。

気がつくと夜の十一時を過《す》ぎていた。わたしはため息をついた。これ以上遅《おそ》いと、明日の朝がきつい。そのとき、玄関《げんかん》でドアが開く音がした。

立ちあがり、一歩踏《ふ》みだしたところで足が止まった。

また、野村《のむら》さんが来ているかもしれない。気が引けて、部屋のなかから様子をうかがっていると、リビングのドアが開き、お母さんが入ってくる気配がした。

「お母さん？」

部屋を出て、背中越《せなかご》しに声をかけた。さあ、ここからだ。でも、返事はない。かわりに、薄手《うすで》のコートを着たお母さんの背中《せなか》が、びくっと震《ふる》えた。

「まだ起きてたの？」

背《せ》を向けたまま、お母さんは冷たい声でいった。

どうしてだろう。こっちを向かない。わたしは正面に回ろうとした。

「帰るの待ってたんだけど――お母さん？」

身体をひねり、お母さんは左手で顔を隠《かく》すようにした。あっ、と思った。手の奥《おく》――ほお骨《ぼね》の少し上あたりが赤く腫《は》れていた。瞬間《しゅんかん》、ぴんときた。

「野村《のむら》さんにやられたの？」

こたえはない。

「お母さん、大丈夫《だいじょうぶ》？」

「いいからっ」

顔を押《お》さえたまま、お母さんがどなった。

「心愛《ここあ》には、関係ないっ」

「でも……」

「今、何時だと思ってんの？　早く寝《ね》なさいっ」

わたしはその場に立ちつくした。なにもいえない。思いきりほおを張《は》られたように、頭の芯《しん》がくらくらした。目の奥《おく》が熱くなって、白くなって、結局一言もいえないまま、わたしは部屋にもどった。

腹《はら》が立って、吐《は》き気《け》がした。心のなかがぐらぐら煮《に》えた。クソだと思った。野村《のむら》さんも、お母さんも、わたし自身も。

翌朝《よくあさ》、目をさました瞬間《しゅんかん》、かすかに頭痛《ずつう》がした。寝不足《ねぶそく》で気持ちが悪くて、一瞬《いっしゅん》、自分がどこにいるのかわからなかった。真っ先に頭によみがえってきたのは、お母さんが隠《かく》そうとした顔のケガだ。

わたしはあわてて起きあがった。大丈夫《だいじょうぶ》だろうか。昨日はよく見えなかったけど、ひどくなったりしてないだろうか。よろよろと、身体を引きずるように部屋から出ると、すでにお母さんの姿《すがた》はなかった。

まるで食欲《しょくよく》がわかず、朝ごはん抜《ぬ》きで学校に向かおうとしたところで、キッチンに、なぜかわたしの分のサンドイッチがつくってあるのを見つけた。たまごサンドだ。横にはコーンスープの粉まで置いてある。

わたしは自分で紅茶《こうちゃ》をいれ、スープを飲み、急いでサンドイッチを食べた。味わうひまも、余裕《よゆう》もなかったけれど、とにかくひさしぶりに、お母さんがつくった朝ごはんを食べた気がした。

外は雨が降《ふ》っていた。

まだ梅雨《つゆ》には早いのに、やたら蒸《む》し暑《あつ》くて、身体にからみつくようないやな雨だ。教室に入ると、雨以上に不快《ふかい》ないつもの光景が広がっていた。

辻《つじ》さんが攻撃《こうげき》を受けていた。

昨日、クラスの子の財布《さいふ》が教室で無くなった（らしい）。

すっかり『どろぼうの妹』というレッテルが定着した辻《つじ》さんは、真っ先に「あやしい」と疑《うたが》われた。アリバイがないとか、いかにもやりそうとか、さんざんないわれようだったけど、本気で疑《うたが》っている子は、たぶん、ほとんどいないんじゃないかと思う。なのに辻《つじ》さんを疑《うたが》うのは、おそらく、単純《たんじゅん》に面白《おもしろ》いからだ。

決めつけちゃだめだよー、といいつつ、杏《あん》は完全に辻《つじ》さんを犯人扱《はんにんあつか》いしていた。

グループの子といっしょに、にこにこしながらヘンなあだなを考えたり、返すなら早いほうがいいよー、と聞こえるようにいったり、アプリで辻《つじ》さんの顔写真と指名手配のポスターを合成したり、その画像《がぞう》をクラスのグループLINEにばらまいたり、やりたい放題だ。

辻《つじ》さんは抵抗《ていこう》しなかった。

窓際《まどぎわ》の、一番前の席に座《すわ》って、小さな丸い殻《から》に無理やり身体を押《お》しこめたみたいに、ほとんど動かない。もともと声が小さい子だけど、ますますか細い声になり、授業中《じゅぎょう》、先生にあてられても、ほとんど聞きとれなかった。

わたしはうんざりしていた。昨日の夜のこと。本当に、心の底から、どうしようもないくらい、うんざりしていた。

今、目の前で起きていること。夢《ゆめ》のために立ちあがり、前に進もうとしていることは、がまんして笑うこと。楽しいふりをすること。

くの居場所《いばしょ》と、今、自分のいる場所とのあまりのちがいに、頭がおかしくなりそうだった。

だから、べつに、辻《つじ》さんを助けようとしたわけじゃない。

同情《どうじょう》したわけでも、正義感《せいぎかん》にかられたわけでもない。

ただ、とにかく悲しくて、泣きそうで、胸《むね》の奥《おく》が熱くなって――。

「だっせーな」

　ぽつりと言葉がすべりでた。

　杏《あん》がこっちを見て、ぷっ、とふきだした。

「そーだよね、ださいよね。あの子、なんで学校、出てこられるんだろ」

　なんでだろう。こいつにはなにをしてもいい、と思っているときのだれかの顔は、本当に無邪気《むじゃき》だ。喜《よろこ》びにあふれて、心から楽しそうで、悪意なんてどこにも、かけらすらないように見えた。

「ちがうよ」

　声がかすれた。

「え？」

「杏《あん》、あんたのことだよ」

　無邪気《むじゃき》な笑顔《えがお》が、一瞬《いっしゅん》でかたまった。

「は？　なに？」

　杏《あん》の声を無視《むし》して、わたしは廊下《ろうか》に向かった。

　ああ、やっちゃった。わたしはこはくじゃないのに。

自信がなくて勇気もない、ただの弱虫なのに。わたしはそのまま教室を出た。ひざが震《ふる》えてうまく歩けなかった。杏《あん》が追っかけてくるかな、と思ったけれど、ちょうどバリアを張《は》るように、帰りの会のはじまりを告《つ》げるチャイムが鳴った。

わたしは思いきり息を吸《す》いこんだ。

今、目の前に続く廊下《ろうか》には、どこにも、だれもいなかった。


ボクシングがしたい。

わたしのなかに残った気持ちは、それだけだった。

ほんとはちゃんとお母さんに話して、許可《きょか》をもらってから再開《さいかい》したかった。でも、昨日の様子だと、話を聞いてもらうことすら厳《きび》しい気がする。実際《じっさい》、ケガ大丈夫《だいじょうぶ》？　と朝送ったメッセージは、いつまでたっても未読のままだ。

まずはできることからやっていこう。

学校を出たあと、わたしはジムに行き、こはくにお願いした。

お母さんを説得《せっとく》するまで、できる範囲《はんい》でわたしにボクシングを教えてほしい、と頭を下げると、

「いいねっ。協力するっ」

こはくは手放しで喜《よろこ》んでくれた。

「ほんとはジムが使えるといいんだけど、父親、そこは折れないんだ。親の許可《きょか》がないとダメだって」

「ごめんね、無理いって。外でできる範囲《はんい》でかまわないから」

「うん。まあ、なんとかなるよ。シャドーもミット打ちも、どこでもできるし」

わたしたちは週二回、火曜と土曜にジムの近くにある川沿《かわぞ》いの公園で待ちあわせる約束をした。こはくはなんだか、本当に楽しそうだった。


結局、お母さんはその夜、ふつうに帰ってきた。

ケガの手当ては自分でして、帽子《ぼうし》で目元を隠《かく》すように出勤《しゅっきん》したみたいだ。夜九時過《す》ぎに帰ってきたときは、すごくつかれているように見えた。たまごサンドおいしかったよ、と声をかけると、そう？　と、なぜか怒《おこ》ったようにこたえた。

「顔はね、ちょっと転んだだけだから。心愛《ここあ》は気にしなくていいの。わかった？」

わたしはうなずいた。あらためて目元を見ると、昨日の夜ほど腫《は》れてはいないようだった。でも、色が青っぽく変わって、かなり痛《いた》そうだ。ほんとはなにがあったんだろう。もし、野村《のむら》さんがやったのなら、わたしは絶対《ぜったい》、許《ゆる》さない。そのうち、一週間も経《た》たずに痣《あざ》はメイクで隠《かく》れるようになり、真相は不明のまま過《す》ぎていった。

息がつまるような学校生活と、自分ではどうしようもない、しんどい現実《げんじつ》。

すべてを吹《ふ》っきるように、わたしはボクシングに打ちこんだ。

火曜の夕方は、シャドーボクシングとミット打ちを半分ずつこなした。ミット打ちは今回から取りいれたボクシングの基礎《きそ》トレーニングだ。トレーナー役が両手につけた、分厚《ぶあつ》いスリッパみたいな形のミットめがけて、パンチを打ちこんでいく。

「もっと速くっ」

「打ちおわり、あご引いてっ」

「ガードっ、また下がってるっ」

的が動くので、きれいに打ちこむのはけっこう難《むずか》しい。うまく打てると、パーン、といい音がする。芯《しん》を外すと、いくら力をこめても音が悪いし手ごたえもない。

なにしろ、目の前にいるのはこはくだ。向きあっているだけで圧力《あつりょく》がすごい。いきなり距離《きょり》をつめられたり、顔の近くにミットが飛んできたりするたびに、一瞬《いっしゅん》、ひるんでしまう。相手がいるのといないのでは、ぜんぜんちがう。ひとりでシャドーばかりやっていても、限界《げんかい》があるんだな、と知った。

時間に余裕《よゆう》がある土曜日は、いっしょにストレッチからはじめた。

練習中、こはくから受けたアドバイスは、ひとことも忘《わす》れないようにスマホに録音して、あとでノートに書きうつした。空いている時間は、どうすればボクシングがうまくなるか、ひたすら考えた。

いろんなボクサーの試合もネットでたくさん見た。現役《げんえき》時代の会長とこはくのお母さんの試合も見つけた。二十五年前の会長は、ヤンキーマンガでしか見たこともないような奇抜《きばつ》なリーゼントで、ただのチンピラだった。そして、試合前、会長は必ず三回胸《むね》を叩《たた》いてリングに上がった。こはくと同じ仕草だった。

「気合と根性《こんじょう》だけ」とこはくはバカにしていたけど、日本王者になったくらいだからもちろん、うまいし強い。とはいえ、うまさよりはたしかに、気迫《きはく》を前面に押《お》しだしたファイトスタイルだ。ベルトを獲《と》った試合も、途中《とちゅう》で二回ダウンを喫《きっ》したあと、最終ラウンドラスト一分での逆転《ぎゃくてん》ＫＯ勝ちだった。どこが目で、どこが鼻かわ

からないほど腫《は》れた顔の会長が、リング中央で腕《うで》を高く突《つ》きあげた瞬間《しゅんかん》、見ている
こっちまで泣けてきた。
お母さんのレナさんは逆《ぎゃく》に、スピードと技術《ぎじゅつ》を活《い》かしたスタイルだ。今のこはく
の戦い方によく似《に》ていた。バックステップとハンドスピードが速くて、ディフェン
スが上手なところもいっしょだ。とにかくセンスがけたちがいで、手数で圧倒《あっとう》して
ほとんど相手に何もさせないままKOした試合もあった。
むかしも今も、世界中にすごいボクサーがいた。
肌《はだ》の色も、性別《せいべつ》も、悪そうな見た目も、真面目そうな雰囲気《ふんいき》も、関係なかった。
すごいボクサーはみんな、リングの上で本当にきらきらと光っていた。その人たち
が鮮《あざ》やかに、ときにはフラフラになりながら勝利をつかんだ瞬間《しゅんかん》、胸《むね》がうわっと熱
くなった。つかれていても、心がくじけそうなときも、あとちょっと、もう少しだ
け、わたしもがんばろうと思った。

わたしはますますボクシングにのめりこんでいった。

教室では完全にひとりだ。

自らグループを抜《ぬ》けたあと、わたしも辻《つじ》さんみたいに杏《あん》たちの攻撃《こうげき》の対象になるかと覚悟《かくご》していたけど、表面的にはなにも起こらなかった。杏《あん》のグループの子がたまにこっちを見て、笑っていた程度《ていど》だ。わたしは気づかないふりをした。もしかしたら、昼休みにシャドーボクシングをやっていた時点で、もともとおかしいやつだと思われていたのかもしれない。でも、だからなんだっていうんだ。おかしくて、なにが悪いんだ。ときどき、杏《あん》がなにか話したそうな雰囲気《ふんいき》を出していたけど、わたしは無視《むし》した。

教室では辻《つじ》さんもひとりだ。

辻《つじ》さんは相変わらずやせていた。ただ、辻《つじ》さんを笑うクラスの空気は、潮《しお》が引くように急速に落ちついてきた。それは辻《つじ》さんのがまんが実を結んだせいかもしれないし、杏《あん》がいじるのをやめたからかもしれない。単純《たんじゅん》に、みんながその話題に飽《あ》きただけかもしれないけど。

わたしたちはなんのために学校に行くんだろう。

お母さんの言葉も、会長の言葉も、重森《しげもり》くんの言葉も、どれも正しいようで、まったくちがうような気もした。何度考えても、わたしには学校に行く意味がわからなかった。ただ、こはくみたいに不登校を選ぶ気概《きがい》もなく、宙《ちゅう》ぶらりんな気持ちのまま、ほとんど意地をはるように、毎日学校に通いつづけた。

雨が多い季節が終わり、カレンダーは七月に変わった。

「え、また?」

思わずいってしまった。

「お母さん、まだ野村《のむら》さんとつきあってるの?」

夏休みまであと二週間に迫《せま》った水曜日の夜、お母さんはちょっと照れたように、まあねえ、とリビングで笑った。

「わたしは別れてもいいんだけど、むこうがね。どうしてもっていうから」

エアコンの、冷ややかな風が首筋《くびすじ》を吹《ふ》きぬけていく。お母さんはだまりこんだわたしを気にするふうもなく、いいお店なのよ、と一言いった。

「ほら、JRの駅の反対側の、ル・トゥルナンていうフレンチのお店。来週、予約取れたんだって。心愛《ここあ》もぜひ、ごいっしょに、って」

わたしは愕然《がくぜん》とした。よりによってそのお店は、杏《あん》が住むマンションの真下だ。不吉《ふきつ》なことが起こる前触《まえぶ》れとしか思えなかった。ちょっと待って、という間もなく、お母さんはいつものように一方的に告《つ》げて、さっさとお風呂《ふろ》に向かってしまった。

ため息が出た。

最近、お母さんは野村《のむら》さんの話をしなかった。帰りもわりと早かったし、家事も前よりはやってくれる。もしかして別れたのかもって、ひそかに期待してたのに。

歯をくいしばると、すぐに刺《さ》すような痛《いた》みが走った。最近、奥歯《おくば》のまわりが熱を放つように痛《いた》む。舌《した》で押《お》すと、ちょっとぐらつく感じもある。早く抜《ぬ》けてほしいような、少しこわいような、自分でもよくわからなかった。

——食事会の招待《しょうたい》がまた来たよ。

ため息まじりにLINEを送ると、こはくからすぐに返信が来た。

——うわ、しんどいね。心愛《ここあ》は一回、おばさんとちゃんと話した方がいい気がする。

ぎくっとした。こはくにしては、めずらしく踏《ふ》みこんだメッセージだ。でも、ほんとは自分でも気づいていた。お母さんに、わたしはちゃんと伝えなきゃいけない。再婚《さいこん》なんてしてほしくない、って。お母さんには取るに足らない、排水溝《はいすいこう》のゴミみたいなものでも、わたしにはダイヤモンドより価値《かち》があるんだ、って。

がまんして、がまんして、理解《りかい》してもらえないと嘆《なげ》いていても、なにも変わらない。そんなこと、とっくにわかってる。でも、へたにこじらせると、今、かろうじてバランスが取れていることまで、一気に壊《こわ》れてしまう気がしてこわかった。

こはくとのやりとりは、途中《とちゅう》からただの雑談《ざつだん》に変わり、最後に気になるメッセージが来た。

――そうそう、土曜日の練習、今回はすごいよ。

――すごいって、なにが？

――ふふふ。来てのお楽しみ。

探《さぐ》りを入れても、詳細《しょうさい》は教えてくれなかった。胸《むね》がかすかに、期待で鳴る。土曜日、いったい、なにがあるんだろう？

三日後の土曜日、いわれるまま、わたしはいつもより早めに公園に向かった。

そして、目をみひらいた。

「ユリアさんっ？」

ハーフパンツに青いTシャツを着たユリアさんが、こはくのうしろにこそこそと隠《かく》れるように立っていた。

「はじめまして、アレクタ・ユリア、と、いいます」

どういうことかわからず混乱《こんらん》していると、こはくが笑った。

「このあいだ、連盟《れんめい》の合同練習でいっしょになったとき、ダメもとで頼《たの》んでみたの。ちょっと友だちの練習見てほしいっつったら、いいよーって」

「わたしは、あまり、ともだちがいません」

ユリアさんが真っ赤になりながらいった。

「どうか、なかよくしてくれたら、うれしいです」

信じられなかった。同世代で同じ階級の、日本最強のふたりが目の前にいる。

「こ……こちらこそ、よろしくおねがいします」

わたしはしどろもどろになりながら手を差しだした。

すっかり困惑《こんわく》したわたしを相手に、ふたりは交代でミットを持ってくれた。

「ここあっ、あたま振《ふ》って、腰《こし》から打てっ」

「ひざ、ひざつかってくださいっ。からだ、ひねる、ノー。まえ、しずむ、ように」

パンチを打つたび、ふたりからアドバイスが飛んでくる。最強の二人からの、最高のおくりものだ。一言たりとも無駄《むだ》にしたくなかった。

みっちり練習したあとは、三人で川沿《かわぞ》いのベンチに座《すわ》って、お昼ごはんを食べた。空は青一色で、足元にはそよそよと芝《しば》が揺《ゆ》れていた。少し早いセミの声がして、すでに空気は夏のにおいで、涼《すず》しい風が吹《ふ》きぬけて気持ちが良かった。

「これ、わたしがつくったんだよ。なんか、やたらでっかくなっちゃったけど」

こはくは、ボクシング・グローブかと思うほど巨大《きょだい》なおにぎりを、三つ持ってきてくれた。ユリアさんが目を丸くして笑った。

「わたしは、これです」

ユリアさんが持ってきたのは、ウズヴァールという飲み物だった。たっぷりのドライフルーツを鍋《なべ》で煮《に》こみ、蜂蜜《はちみつ》を入れて冷やしたウクライナの伝統的《でんとうてき》なドリンクだという。

「とても、おいしいです。えいようもあります」

一口飲んでみると、甘《あま》くて、よく冷えていて、たしかにおいしい。わたしはあせ

った。ふたりにコーチまでしてもらったのに、なにも持ってきていなかった。どうしよう……とおろおろしていると、

「心愛《ここあ》はうたえばいいじゃん」

こはくが、無茶《むちゃ》な振《ふ》り方《かた》をしてきた。

「なんで？　わたし、歌なんかうたえないよ」

「だいじょうぶっ。いっしょにうたおうっ」

いきまーす、といって、こはくが本当にうたいはじめた。どこかで聞いたことがあると思ったら、前に見にいったアニメ映画《えいが》の主題歌だった。声がやたら大きくて、振《ふ》りまでつけて、そのくせ笑っちゃうくらい、めちゃくちゃへただ。

こはく、歌、苦手なんだ。

わたしは笑った。ふたりでいっしょに笑いながら、思いきり声を張《は》りあげて、調子っぱずれの歌をうたった。ユリアさんが手拍子《てびょうし》をしてくれて、太陽《たいよう》がさんさんと輝《かがや》き、これ以上ないくらい、最高の気分だった。

あとから考えると、すべてはこの日に向かって動いていた気がする。

お母さんと野村《のむら》さんの関係も、こはくとの出会いも、わたしがボクシングを始めたことも、食事会の四日前、三人で公園で過《す》ごしたあのとびっきりの時間も。そうとしか思えないくらい、二度めの食事会はタイミングも、舞台《ぶたい》立ても完璧《かんぺき》だった。

お母さんは否定《ひてい》していたけど、どう考えても、わたしはこのあいだのケガの原因《げんいん》は野村《のむら》さんだと確信《かくしん》していた。食事会の最中、さりげなくふたりの様子を見張《みは》るつもりだったし、むしろそのことだけが参加するゆいいつのモチベーションだった。

どうせ今回もつまらない自慢《じまん》ばかりだろうと予測《よそく》していたら、やっぱりそうだった。

「ロスに留学《りゅうがく》していたとき、ジョン・レノンに似《に》てるっていわれてね」

「新規《しんき》で開いた系列《けいれつ》のクリニック、大繁盛《だいはんじょう》でさ。近所の歯医者、つぶれちゃったよ」

「このスーツ、イギリス王室御用達《ごようたし》で、日本では買えないんだけど特別に……」

どこをどう見ても野村《のむら》さんはジョン・レノンに似《に》てないし、つぶれた歯医者さんは気の毒だし、高級スーツは残念なくらい、まるで似合《にあ》っていなかった。

野村《のむら》さんはずっと上機嫌《じょうきげん》で、ひとりでしゃべって、ひとりでお酒を飲んで、お母さんは笑顔《えがお》で相槌《あいづち》をうっていた。

なんでだろう。なんでこんなおじさんと、お母さんはつきあってるんだろう。この人、おかあさんを叩《たた》いたんじゃないの？　そんなの、お父さんといっしょじゃん。なんでこんな人といっしょにいるの？

前もそうだったけど、野村《のむら》さんは酔《よ》いが進むと口調が荒《あら》く、子どもっぽくなる。なにがきっかけだったのか、はっきりとはわからないけど、野村《のむら》さんがすすめたデザートをお母さんが断《ことわ》ったあたりから、少しずつ雲行きがあやしくなってきた。

「野村《のむら》さん、お酒そろそろ……」

お母さんがやんわりたしなめても、野村《のむら》さんのお酒は止まらない。

あおるようにワインを飲みほしては、そのたびに目つきがあやしくなっていく。

「野村《のむら》さん、もうそのあたりで……」

「大丈夫《だいじょうぶ》、だいじょーぶだって。ちょっと、トイレに……」

ぐしゃり、と髪《かみ》に手を突《つ》っこみ、野村《のむら》さんは上半身をふらふらさせて立ちあがろうとした。

「あっ、足元気をつけて」

お母さんが腕《うで》を伸《の》ばした瞬間《しゅんかん》、ひじが当たってグラスが倒《たお》れた。あっ、と思った。赤紫《あかむらさき》のワインが白いテーブルクロスを這《は》うように広がり、正面にいる野村《のむら》さんの王室御用達《ごようたし》ズボンにぽたぽた落ちた。

野村《のむら》さんの顔色が変わった。

「おいっ」

声と同時に、右手が飛んだ。

頭より先に身体が動いた。わたしは座《すわ》ったままガードを固めて、横にいるお母さんの前に身体を入れた。力のない平手打ちが腕《うで》に当たり、ぱちん、と音がした。

「お母さんにさわるなっ」

耳の奥《おく》がきんとするほど、大きな声が出た。

「なに……」

野村《のむら》さんが顔をこわばらせて立ちあがった。わたしも立ちあがる。かまえた腕《うで》が少し震《ふる》えた。でも、わたしはおぼえていた。

ミットを持つこはくとユリアさんの姿《すがた》を。

ふたりから感じたとてつもない圧力《あつりょく》と、背中《せなか》が冷たくなるようなおそろしさを。

息をつく。

大丈夫《だいじょうぶ》。こんな酔《よ》っぱらい、ぜんっぜん、こわくない。

野村《のむら》さんが手を振《ふ》りあげる。笑っちゃうほど大振《おおぶ》りで、のろまな右だ。わたしは身体をずらしてかわした。野村《のむら》さんはバランスを崩《くず》して、勝手に転んだ。でも、そこから意外な動きに出た。近くにあったイスをつかみ、わたしに投げつけたのだ。イスはかまえたガードの上を直撃《ちょくげき》した。あまりの痛《いた》みに二歩、三歩下がる。前に出ようとした瞬間《しゅんかん》、突《つ》きとばされて顔から壁《かべ》にぶつかった。

口のなかで、痛《いた》みがはじけた。

「やめてっ」

お母さんが野村《のむら》さんに体当たりした。わたしはすぐに立ちあがった。

近くの席のだれかが大声で叫《さけ》んだ。お店の人が飛んでくるのが見えた。野村《のむら》さんが腕《うで》を振《ふ》りまわす。お母さんが床《ゆか》に倒《たお》れた。起きあがったお母さんの鼻からは血が流れていた。

「心愛《ここあ》っ、けいさつっ」

鼻血を流したまま、お母さんは必死の形相《ぎょうそう》で組みついていく。わたしは野村《のむら》さんをうしろから羽交《はが》い絞《じ》めにした。テーブルの上で瓶《びん》が倒《たお》れた。お皿が落ちて、割《わ》れた。すごい力だ。ふたりがかりでようやく床《ゆか》に抑《おさ》えつけると、しばらくしてやっと警察《けいさつ》が来た。たぶん、お店の人が呼《よ》んでくれたんだろう。

警察《けいさつ》が野村《のむら》さんを外に連れだしていく。ほかのお客さんがじろじろ、わたしたちを見ていた。身体が熱い。目に映《うつ》るすべての光景がゆっくりと流れていく。目の前がぼうっとかすんで、まるで現実感《げんじつかん》がなかった。

そのとき、ふと、口のなかに違和感《いわかん》をおぼえた。

ぺっ、とてのひらに吐《は》くと、血と唾液《だえき》にまみれて光る乳歯《にゅうし》がころがった。

店を出たあと、わたしはお母さんといっしょにパトカーで病院に送ってもらった。歯が抜《ぬ》けた以外、腕《うで》がちょっと青痣《あおあざ》になったくらいで、わたしに大きなケガはなかった。お母さんはずっとわたしを心配していたけど、ケガの程度《ていど》はお母さんの方がひどかった。倒《たお》れた拍子《ひょうし》に鼻の骨《ほね》にひびが入ったらしく、ガーゼとギプスとテープで鼻を覆《おお》うように固定された様子は、なんだか歴戦《れきせん》のボクサーみたいだった。

家に帰ったあとはつかれてしまって、わたしもお母さんもほとんど口をきかなかった。頭が重くてなにも考えられない。いつもより早く布団《ふとん》に入って、わたしは朝までぐっすり眠《ねむ》った。

翌朝《よくあさ》、もしかしてニュースになるんじゃないかと少しどきどきした。結局、ネットにもテレビにも一切《いっさい》出なかったものの、なにしろ店の場所が場所だ。けたたましいパトカーの音は、きっとマンションの住人につつぬけで、あの魔法《まほう》のような情報《じょうほう》網《もう》を持つ杏《あん》の耳に入るのは、たぶん時間の問題だった。

だから、というわけじゃないけど、学校は休んだ。

「今日、学校どうする?」とお母さんにきかれたので、「休む」というと、お母さんはあっさり、わかった、とうなずいた。てっきりお母さんも休むのかと思ったら、ちゃんと仕事に行ったのでびっくりした。

その日の夕方、群馬からおじいちゃんとおばあちゃんが来た。

夜、三人はかなり長いこと、締《し》めきったリビングで話しこんでいた。ときどき、だれかが怒《おこ》ったり、叫《さけ》んだりする声を聞きながら、たぶん、群馬に行くことになるんだろうな、とぼんやり思った。そして、予感どおり、寝《ね》る前に部屋のドアがノックされ、夏休み中にお母さんといっしょに群馬に引っこすことが決まった、と三人に告《つ》げられた。

お母さんは何ごともなかったように、次の日も職場《しょくば》に向かった。覇気《はき》がないというか、エネルギー不足というか、青白い顔をして、表情《ひょうじょう》も暗かった。わたしはとても心配になった。いついかなるときもお母さんのまんなかにある、お母さんそのもののようなギラギラしたなにかが、完全に抜《ぬ》けおちているように見えたから。

わたしはその日も学校を休んだ。

おじいちゃんは群馬に帰って、家にはおばあちゃんだけがいた。

二日前の夜から、頭にはずっと霧《きり》がかかっていた。なんだか、カメラを通してまわりを見ているみたいだ。ぼんやりしたまま、部屋でひとり、わたしは群馬に転校が決まったことについて考えた。

びっくりはしていた。

でも、こうなることがあらかじめわかっていた気もした。正直、転校するのは面《めん》倒《どう》だったけど、かといってお母さんとふたりきりの生活を続けられるかというと、それも微《び》妙《みょう》な気がする。お母さんはがんばってくれていたんだろうし、それはわかるんだけど、わたしたちはずっとぎりぎりだった。どこからかはわからないけど、ずっとずっと、ふたりそろってぎりぎりだったんだ。

群馬に行って、お母さんとわたしの家事の負担《ふたん》が楽になるなら、それが一番いいような気がした。学校にもべつに未練はない。気になることはただひとつ、こはくのことだけ。

わたしはこはくにLINEを送った。二日前の大騒動《おおそうどう》を簡単《かんたん》に伝えると、ひとこと、「会いたいな」とメッセージが来た。そして、遅《おく》れてもうひとつ。

——でも、おうちの人に迷惑《めいわく》になるよね。

そんなことない、と思った。でも、こはくにはちゃんと自分の足で、こっちから会いに行きたい。だから、様子を見て必ずジムに行く、と伝えた。

すると、またメッセージが来た。

——では、使いの者を送ります。

使い？

なんの冗談《じょうだん》だろう、と思っていると、一時間後、本当に家のチャイムが鳴ったので、たまげた。おばあちゃんが出ようとするのをおさえて、わたしは玄関《げんかん》に出た。

薄暗《うすぐら》い共用廊下《ろうか》に、ものすごく緊張《きんちょう》した顔の重森《しげもり》くんが立っていた。

「だいじょうぶですかっ」

異様《いよう》にでっかい声だった。

「心配しましたっ。けがは、ほんとにないんですかっ？」

ちょっと静かに、と注意して部屋に上げると、途端《とたん》に重森《しげもり》くんはそわそわしはじめた。

「女子の部屋、はじめてですっ」

声でかいって、とわたしはいった。おばあちゃんの笑い声が聞こえた。

「それで、なにしにきたの？」

「あ。それはですね」

わたしがＬＩＮＥを送ったとき、重森《しげもり》くんはちょうどジムにいて、こはくを説得《せっとく》中だったという。

「また、石、持ってったの？」

あきれてたずねると、重森《しげもり》くんはきっぱりと首を振《ふ》った。

「ぼく、学校にボクシングクラブを作ったんです」

「クラブ？」

「桐野《きりの》さん、前に、学校なんて何の役に立つの？　っていったんです。桐野《きりの》さん、ボクシング好きでしょ？　だったら、学校でもボクシングができればいいのかな、って。当面は桐野《きりの》さんにコーチも兼任《けんにん》してもらえないか、頼《たの》みに行きました」

新しいクラブをつくるには最低五人のメンバーが必要で、重森《しげもり》くんはすでに人数分の入会届《にゅうかいとどけ》をゲットしているという。

「へえ」

それは、今までの作戦よりずいぶんいい感じがした。

「それで、こはくはなんて？」

「断《ことわ》られました」

「はい？」

「へたくそに教えても、わたしにメリットなんかないって。それに、リングもないのに、なにができるんだ、って」

「うーん」

わたしはいたたまれない気持ちになった。たしかに、わたしをボランティアで（お金は払《はら》うといったのに、いらないといわれた）教えている今も、こはくにはなんのメリットもない。それに実際《じっさい》、わたしへの指導《しどう》で手いっぱいで、クラブのコーチを掛《か》け持《も》ちする余裕《よゆう》は本当にないのかもしれない。

「それはともかく、今日は桐野《きりの》さんから伝言預《あず》かってきたんです。手、出してください」

「手？」

いぶかりつつ、わたしは両手を上に向けてひらいた。

「そうじゃないです。こうやって、立てて」

いわれるまま、今度は重森《しげもり》くんにてのひらを向けた。なにがなにやら、さっぱりわからなかった。

「いいですか、いきますよ」

「え？」

「はっ」

重森《しげもり》くんはわたしのてのひらに左こぶしを打ちこんだ。

ぺち、と気の抜《ぬ》けた音がした。

「なに、これ？」

「スーパーパンチです」

「は？」

「桐野《きりの》さんの全エネルギーを凝縮《ぎょうしゅく》した、必殺パンチです。どんなつらい気持ちもぶっ壊《こわ》すすごいパンチだから、受けとって、心愛《ここあ》に伝えてきて、って」

重森《しげもり》くんがにっこりした。

「桐野《きりの》さんのパンチを、ぼくはさっき、この左手で受けとりました。そして、それに今、ぼくの気持ちもこめて、立川《たちかわ》さんに伝えました」

こはくのスーパーパンチ。わたしはてのひらを見つめた。

「たぶん、ＬＩＮＥじゃわからないから、ちゃんと会って確《たし》かめたかったんですよ。立川《たちかわ》さんがほんとに大丈夫《だいじょうぶ》かどうか。でも、自分は家には行けないから、ぼくに、って」

わたしはてのひらを胸《むね》に当てた。

「桐野《きりの》さん、優《やさ》しいですよね」

重森《しげもり》くんがしみじみいった。

「だから尊敬《そんけい》してるんです、ぼくは」

胸《むね》に当てたてのひらが、ゆっくりと熱くなる。

「あきらめませんよ。桐野《きりの》さんに、学校は楽しいって思ってもらえるように、がんばります」

わたしは重森《しげもり》くんを見つめた。

てへへへへ、と照れる目の前の男の子の笑顔《えがお》が、かすかに揺《ゆ》れる。

重森《しげもり》くん。

声に出さずに、つぶやいた。

優《やさ》しいのは、きみもだよ。


翌日《よくじつ》から海の日の三連休に突入《とつにゅう》した。

そして、連休が終わっても、わたしは学校を休みつづけた。

どうせ群馬に引っこすわけだし、会いたい人もいないし、もうこのままフェードアウトしちゃおうと思った。結局、わたしは学校に行きたいと思うだけの理由を、最後まで見つけられなかった。

お母さんは朝、わたしが起きる前に家を出ていき、寝《ね》たあとに帰ってくる。連休中も家にいなかったので、ほとんどまともに顔を合わせてない。そういうお母さんの態度《たいど》にも、おばあちゃんは非常《ひじょう》に怒《おこ》っていた。あの事件《じけん》のあと、どういう経緯《けいい》で連絡《れんらく》が行ったのか謎《なぞ》だけど、おばあちゃんたちはとにかく、お母さんに腹《はら》を立てていた。

やることがないので、わたしは午前中、パソコンでボクシング関係の動画を見たり、シャドーを繰《く》りかえしたりした。身体を動かしていると、それだけでなんとなくすっきりする。おばあちゃんとお昼ご飯を食べて、重森《しげもり》くんからもらったヒスイを磨《みが》き、こはくが送ってくれたかわいいネコの動画を眺《なが》め、午後ものんびり過《す》ごした。心配性《しんぱいしょう》のおばあちゃんは、ときどき、わたしの様子を見にきた。

欠席四日目に突入《とつにゅう》した水曜の夕方、チャイムが鳴った。

「こっちゃん、お友だちがきたよ」

おばあちゃんの声に、また重森《しげもり》くんかと思い、よっこらせ、と部屋を出た。そして、玄関《げんかん》ドアを開けた瞬間《しゅんかん》、目が点になった。

「杏《あん》？」

「心愛《ここあ》……」

作り笑いみたいないつもの顔で、杏《あん》がこちらを見た。

「なにしに来たの？」

わたしは冷たくいった。

「わたしが休んでる理由、知ってるんでしょ？」

杏《あん》は何もいわない。それで確信《かくしん》した。やっぱり知ってるんだ、あの夜のこと。

「わたしが弱ってることたしかめて、笑いにきたの？」

杏《あん》ははっとした顔で首を振《ふ》った。

「わたしとしゃべったこと、どうせみんなに話して、ネタにするんでしょ」

「ちがうよ」

杏《あん》の笑顔《えがお》は消えていた。どこか不安そうな、緊張《きんちょう》した顔をしていた。

「ちがう。そうじゃないよ。ねえ、なんで怒《おこ》ってるの？」

「は？」

「心愛《ここあ》、どうしてわたしのこと、避《さ》けるの？」

「はっきりいわなきゃわかんない？」

わたしはため息をついた。

「苦手なんだよ、わたし、杏《あん》のこと。前から思ってたけど、なんでいっつも、人の悪口いうの？」

「え？」

「見下してるんでしょ。片親《かたおや》の子とか、協調性《きょうちょうせい》のない子とか、家に問題を抱《かか》えた子とか。でもね、わたしもお父さんいないんだよ。学校にも友だちいないし、このあいだはパトカーで病院まで送られて……あんたがバカにしてる子の、まさに見本だよ、わたしは」

杏《あん》はうつむいた。ぎゅっと眉《まゆ》をよせ、消えそうな声で、ちがうよとまたいった。

「バカになんかしてない。だって」

「なに？」

「うちも片親《かたおや》なんだよ」

眉《まゆ》をよせたまま、杏《あん》は笑った。

「お母さん、離婚《りこん》して家出ちゃったから。もうずっと前から、父子家庭なんだ、うち」

「……うそ」

わたしは目をぱちぱちしながら、杏《あん》を見た。

「ウソなら、いいけど」

「なんで今ごろ、そんなことわたしに……」

「今ごろじゃないよ」

杏《あん》はちょっと怒《おこ》ったようにいった。

「前からずっとだよ。ずっとずっと、わたしはいおうとしたよ。わたしのこと、なんで避《さ》けるのか、きこうとしたよ。でも、心愛《ここあ》、怒《おこ》ってたから。ずっとずっと、怒《おこ》ってたから。話しかけようとしても、わたしを見てさえくれなかった」

はっとした。たしかに、杏《あん》はわたしに話しかけようとしていた。

そして、それを知ってて、わたしは無視《むし》した。杏《あん》のこと、完全に拒絶《きょぜつ》していた。

「ごめん」

わたしはつぶやいた。

「でも、なんで？　自分もお母さんいないのに、そういう子の悪口いってたわけでしょ？　なんでそんなことするの？」

「わかんないよ。ただ」

「ただ？」

「こわいんだ」

その言葉は、ぽつりと胸《むね》にしみた。

前を向くと、杏《あん》の目のふちがうっすら赤くなっていた。共用廊下《ろうか》の窓《まど》から射《さ》す光が映《うつ》りこみ、瞳《ひとみ》の奥《おく》がかすかに瞬《また》いている。

「わたし、小学校の最後の方、学校行ってないんだよ」

「え？」

「わたしのお母さん、モデルやってたの。雑誌《ざっし》とかもよく出てて、クラスの子はみんなお母さんのこと知ってた。でも、おとしの秋、知らない男の人といっしょになっちゃって……みんなにばれて、笑われたの。あんたの自慢《じまん》のお母さん、いなくなっちゃったねー、って。自分では人気者のつもりでも、たぶん、嫌《きら》われてたんだろうね、わたし。学校行けなくなっちゃって、再出発《さいしゅっぱつ》するつもりでこの中学に来たの。だけど、やっぱりうまくなじめなくて、ひとりっきりでいたあの日……」

杏《あん》がかすかに笑った。

「心愛《ここあ》が靴《くつ》をほめてくれた」

はっとして、わたしは杏《あん》が履《は》いてるワンスターを見た。

「この靴《くつ》、高かったけどどうしてもほしくて、おこづかいためて、入学式の前に自分で買ったの。あのとき、心愛《ここあ》がほめてくれて、うれしかった。ほんとに、わたし、うれしかったんだ」

杏《あん》の声は、わたしの胸《むね》に響《ひび》いた。そして、重なるように、こわいんだ、というさっきの声も耳の奥《おく》に広がる。杏《あん》の言葉が、表情《ひょうじょう》が、胸《むね》に溶《と》けていく。

わたしもわかる。わかるよ。わたしたちのまわりは、いつだって窮屈《きゅうくつ》で、こわいことばっかりだ。

でも。

「こわくても」

だれにいっているのかわからないまま、静かにいった。

「逃《に》げたら、ダメなこともある」

「わかってる」

「杏《あん》のこと、だれも傷《きず》つけたりしないよ」

杏《あん》は小さくため息をついた。

「そうかもね。でも、ダメなんだ。どうしても、お母さんのことが頭から離《はな》れないの。家族のことなんて、わたしにはどうしようもないのに、いろいろいわれて、もうあんな思い、絶対《ぜったい》したくなくて……」

「家族のことといわれたくないのは、辻《つじ》さんもいっしょだよ？」

一瞬《いっしゅん》、杏《あん》はむっとした顔でこちらを見た。

「杏《あん》が傷《きず》ついたのはわかるけど、だからってだれかを傷《きず》つけたり、だれかの大事なものを笑ったりするのはおかしいよ。わたしね、ジムの友だちのことバカにされたとき、ほんとはすごくいやだった。ボクシングやってること自体、笑われてるみたいで……」

「それはちがうよっ」

あわてたように、杏《あん》は早口でいった。

「わたし、心愛《ここあ》のボクシング、本気で応援《おうえん》してたんだよ。好きなこと見つけて、ひとりでがんばって、すごいなって思ってた。だから……」

「だったら」

わたしは杏《あん》の言葉をさえぎって続けた。

「なんでお母さんがジムに来て大騒《おおさわ》ぎになったあと、『ボクシングやめるんでしょ』って笑ったの？　わたし、あんなふうにいってほしくなかった。本気で応援《おうえん》してたなら、あんなことといえるわけないじゃん」

「あれは……」

杏《あん》の顔が苦しそうにゆがんだ。

「わたし、わたしね、これで心愛《ここあ》と遊べるようになるのかな、って思ったの。それがうれしくて、そっちに気持ちがいっちゃって……ごめん」

泣きだしそうな顔で、杏《あん》は笑った。

「心愛《ここあ》、ごめんね。わかってるんだ。そういうとこだよね、わたしがみんなに嫌《きら》われるの。心愛《ここあ》に、だせーっていわれて、むかついて、でも、すぐ気づいた。またやっちゃったって。これじゃあ小学校のときの繰《く》りかえしじゃん、って。ほんとは自分で気づけたらいいけど、わたし、バカだから。変わろうって決めても、ぜんぜんうまくいかなくて、どうすればいいか考えて、ずっとずっと考えて、心愛《ここあ》と話がしたくて……」

「それで、今日来たの？」

杏《あん》は、こっくりとうなずいた。

「それだけじゃないよ。信じてもらえないかもしれないけど、心愛《ここあ》のこと、心配だったから」

「それで？」

「え？」

「どうすればいいか、わかったの？」

杏《あん》はわたしを見て、さびしそうに目を伏《ふ》せた。

そして、小さな子どもみたいに、ゆらゆらと首を振《ふ》った。

わたしは杏《あん》を見つめた。

もしかしたら、杏《あん》のいっていることには、ウソもまじっているのかもしれない。

信じていいのか、突《つ》きはなすべきなのか、わたしにはわからなかった。

でも、いつもだれかに囲《かこ》まれていた杏《あん》が、今、ひとりで立っていた。精一杯《せいいっぱい》の勇気をふりしぼって、ここに来て、わたしを見ていた。杏《あん》のこと、好《す》きにはなれないかもしれない。

けれど、こぶしをにぎって、震《ふる》える足で、リングに立つ人は美しかった。

「わたしにも、どうすればいいかわかんないけど」

右のこぶしを、ぎゅっとかためた。

「あの日、杏《あん》がいっしょにお弁当《べんとう》食べようって誘《さそ》ってくれたとき、わたしもすごくうれしかったよ」

こはくから受けとったスーパーパンチ。

わたしはそっと杏《あん》の肩《かた》に押《お》しあてた。


次の日は、朝からきれいな青空が広がっていた。

息がつまりそうなほどアスファルトの照りかえしがきつくて、街路樹《がいろじゅ》の緑の葉はゆっくりと大きく揺《ゆ》れ、ほんの一週間引きこもっていただけなのに、街はすっかり夏の風景だった。

夏休みまであと二日。

朝、目がさめたときから、今日は学校に行こうと決めていた。

たった一日だけの理由かもしれない。でも、関係ない。

だれにも文句《もんく》はいわせない。

ようやく見つけた、わたしが学校に行く理由。

杏《あん》、あんたに会いたいからだよ。

学校を去る前に、会いたい相手は杏《あん》だけだった。

教室に入るとき、ちょっとだけ勇気が必要だった。クラスの視線《しせん》がいっせいにそそがれた気がして、少しひるんだ。わたしは顔を上げ、あたたかいシャワーを浴びるように息を吸《す》いこみ、少し生ぬるい夏の空気のなかを進んだ。

たくさんの朝の音が、光が、わたしをつつみこむ。

そのとき、かすかに、何かがこすれる音がした。

「心愛《ここあ》」

グループの子が集まる片隅《かたすみ》で、ひとり、杏《あん》がこちらを見ていた。立ちあがり、ゆっくりと近づいてくる。

「おかえり」

そばまで来て、うれしさと悲しさがにじむような顔でつぶやいた。

臆病《おくびょう》で、不器用で、かっこ悪くて――わたしみたいな杏《あん》が、目の前に立ってい
た。目が合った瞬間《しゅんかん》、ふわりと肩《かた》の力が抜《ぬ》けた。
「ありがと」
うなずいて、わたしは少しだけ笑った。
その日の朝、わたしの群馬への転校が発表された。今日伝えるように、先生に頼《たの》
んでおいたのだ。杏《あん》には昨日のうちに伝えていた。ごめんね、の一言も添《そ》えて。
もっと早く。
窓《まど》の外に広がる青空を見ながら、わたしは思った。
完全に拒絶《きょぜつ》する前に、杏《あん》にだけは、ダメもとで自分の気持ちを伝えてみればよか
った。ひとりを選ぶのは、それからでも遅《おそ》くなかったかもしれない。

夜、おばあちゃんが寝《ね》たあと、わたしはひとり、部屋でお母さんの帰りを待った。
杏《あん》が訪《たず》ねてくれたときから、ずっと決めていた。
心を開いて、傷《きず》ついて、痛《いた》い思いをするかもしれない。ぎりぎり支《ささ》えてきた大切
なことも、全部まとめて壊《こわ》れるかもしれない。

でも、それでも、ちゃんと伝えなきゃいけないことがある。自分の気持ち。ほんとの気持ち。顔を合わせて、向きあって、一対一で、ゴングを待つんだ。

お母さんは十一時過《す》ぎに帰ってきた。

玄関《げんかん》ドアが開く音がした瞬間《しゅんかん》、心臓《しんぞう》が震《ふる》えた。顔が熱い。わたしはジャージの右ポケットに入れたヒスイを強くにぎりしめた。立ちあがり、胸《むね》を三回、こぶしで叩《たた》く。なんでもいい。スピリチュアルでも、おまじないでも、なんでもよかった。

ほしいのはたったひとつ。向きあう勇気だ。

息をつき、わたしは部屋のドアを開いた。

「お母さん」

わたしの顔を見るなり、ちょっと驚《おどろ》いたように、お母さんは顔をそらした。

「寝《ね》てなかったの？」

よそよそしい声だった。

「待ってたんだよ。話したいことがあるの」

お母さんは通勤用《つうきんよう》のバッグを床《ゆか》に置き、どさりと身を投げるように、ソファーに座《すわ》った。

「なに？　群馬、行きたくなくなった？」

わたしは首を振《ふ》り、そっと正面に座《すわ》った。

「ちがうの。群馬に行った、あとのこと」

「はあ？」

「お母さん、わたし、ボクシングやりたい」

お母さんの目元に、さっと赤みがさした。

「まだそんなこといってんの？　ボクシングなんて危《あぶ》ないし……」

「わかってる。でも、自分で決めたことだから」

お母さんが息をのむ気配を感じた。目が合った。にらむような強いまなざしを、わたしは正面から受けとめた。

「お母さん、あとね。わたし、今は再婚《さいこん》してほしくないんだ。自分勝手かもしれないけど、もし、本当に最高の人がいても、わたしが大きくなって家を出るまでは待ってほしい」

一息にいったあと、耳が鳴るような静けさが訪《おとず》れた。お母さんが眉《まゆ》をよせた。エアコンの風と、掛《か》け時計《どけい》の針《はり》の音だけが、静寂《せいじゃく》のなかでやけに大きく聞こえた。

「……あなたは」

絞《しぼ》りだすように、お母さんがいった。

「あなたには、なにもわからない」

「そうだよ」

わたしはうなずいた。

「わからないから、教えてほしいの。今までお母さんががんばってたの、知ってるよ。わたしのためにがんばってくれたの、ちゃんとわかってる。だから、ほんとにつらいときは、わたしにも教えてよ。うまくいかないときは、できること、いっしょに考えようよ」

お母さんの目がかすかに泳いだ。目を伏《ふ》せて、厳《きび》しい顔をしたまま、なにいってんの、とつぶやいた。

「わたし、うれしかったんだ。野村《のむら》さんが暴《あば》れたとき、お母さんが助けてくれたこと。これから先、何があっても、相手が強くても、ちょっとくらい失敗しても、ふたりできっと、やっつけられると思うんだ」

お母さんはガラスのテーブルをじっと見ていた。

「群馬行ったら、お母さんも今より少しのんびりできるよね？　おばあちゃんもいるし、おじいちゃんもいるし、わたし、それが楽しみなんだ」

返事はない。お母さんは何もいわない。わたしの声は届《とど》かない。

小さく息を吸《す》いこんで、さらに続けた。

「お母さん、明日、学校終わったらわたし、前のジム行くね。こはくに会って、お礼いいたいんだ」

お母さんは動かない。ときどき、ゆっくりと瞬《まばた》きする以外、お母さんのまわりだけ時間が止まってしまったようだった。

しばらく待っていたけど、やっぱり返事はかえってこなかった。ふっと身体の力が抜《ぬ》けた。終了《しゅうりょう》のゴングが聞こえた。ありがとう、と声をかけて、わたしは部屋にもどった。

ひとりになった瞬間《しゅんかん》、なんだか涙《なみだ》が出そうで、こまった。

怒《おこ》らせちゃっただろうか。もしかしたら、お母さんを傷《きず》つけただけかもしれない。もっとうまいいい方、できればよかった。

でも、伝えた。ちゃんと伝えた。胸《むね》のなかは、もう空っぽだ。

――こはく、わたし、お母さんと話せたよ。

だれもいない夜の部屋で、がらんどうの胸《むね》が静かに鳴って、ひりひり痛《いた》かった。


次の日の朝、お母さんはまた、わたしが目をさます前に家を出ていた。

おばあちゃんと朝ごはんを食べて、さびしいような、悲しいような、でも、どこか吹《ふ》っきれた気持ちで、わたしは学校に向かった。

今日も暑かった。

一学期の終業式が終わり、放課後、長崎《ながさき》くんと柚葉《ゆずは》とお別れの挨拶《あいさつ》をして、杏《あん》とだけはもう一度《いちど》引っこし前に会う約束をした。その日は、わたしもあのスニーカーを履《は》いていこうかな、とちらりと思った。

ひとりで学校を出て、校門に差しかかったところで、うしろから呼《よ》びとめられた。

「待ってっ」

振《ふ》りかえると、息を切らした辻《つじ》さんが立っていた。

もともと色が白い子だけど、いつも以上に顔色が悪い。雪山で遭難《そうなん》したかのような必死の顔つきで、声も、動きも硬《かた》かった。

「大丈夫《だいじょうぶ》?」

辻《つじ》さんは小さくうなずいた。

息を吸《す》って、吐《は》いて、ごくりとつばを飲みこんでから、

「ありがとう」

つぶやくようにいった。

「え?」

「わたし、立川《たちかわ》さんが屋上で練習してるとこ、こっそり見てたんだ。だれともつるまないで、ひとりでかっこいいな、って、ずっと思ってた。わたしも、そんなふうになれたらなって」

言葉につまった。少しハスキーなスモーキーヴォイス。

辻《つじ》さんの声をはじめて聞いた気がした。

「立川《たちかわ》さんは、ボクシングをしてるから、ひとりでもこわくないの?」

辻《つじ》さんがあんまりまっすぐこっちを見つめるので、目をそらしたくなる。

知らなかった。この子、こんなにはっきり、相手の目を見てしゃべるんだ。

「そんな、わたしなんて……」

そのとき、思った。あの日、はじめてボクシングに触《ふ》れた日、わたしもこうだったんだろうか。こはくの目に映《うつ》る、わたしの姿《すがた》。だとしたら、たぶん……。

「辻《つじ》さん」

息を吸《す》いこんで、わたしはいった。

「辻《つじ》さんはきっと、わたしよりずっと勇気があるよ。わたしは、ただ見てただけだから。自分からは、声、かけられなかったから」

なんのこと？　というように、辻《つじ》さんはきょとんとしていた。

「だから、大丈夫《だいじょうぶ》。もしよかったら」

わたしはにっこり笑った。

「やってみようよ、ボクシング」

目をまんまるにして、辻《つじ》さんはだまってしまった。

辻《つじ》さんとＬＩＮＥを交換《こうかん》して別れたあと、わたしはまっすぐジムに向かった。

今日行くことは、昨日のうちにこはくには伝えておいた。ジムに入るのは本当に、ずいぶんひさしぶりだった。こはくは窓際《まどぎわ》のいつもの場所でサンドバッグを打っていた。わたしに気づくと手を止めて、笑いながらゆっくりと歩いてきた。

「待ってたよ。群馬行っちゃうって？」

わたしは小さくあごを引いた。声を出すと、さびしさが一気にこみあげそうで、うなずくことしかできなかった。

「すぐ行っちゃうわけじゃないんでしょ？　まだ何回か、会えるよね？」

「うん。引っこし、来月だから」

「そっか」

こはくはほっとしたようにほおをゆるめた。

「それに、ボクシングに興味《きょうみ》ありそうな子、クラスにひとり見つけたの。次はいっしょに来るつもり」

こはくはうなずいて、それから、ちょっとだけ顔をそむけた。何度か屈伸《くっしん》して、小さく息をついたあと、

「よし、心愛《ここあ》」

いつもみたいに、こはくは笑った。

「スパーやろ」

わたしはうなずいた。最初からそのつもりで、マウスピースも用意してきた。更衣室《こういしつ》で着替《きが》えをしてもどると、こはくはわたしにグローブを手渡《てわた》した。

深呼吸《しんこきゅう》をひとつ。

目を閉《と》じて、軽く胸《むね》を叩《たた》いて、わたしははじめて、リングに上がった。

思ったより、高さがある。しっかり硬《かた》さはあるけれど、少しふわふわもするような、足元は不思議な感触《かんしょく》だった。

勝負は一分半、二ラウンドだ。そばにいた多田《ただ》さんがゴングを鳴らしてくれた。こはくが突《つ》きだしたグローブにグローブを合わせて、ファイティングポーズをとる。こはくがいる。今、目の前に、こはくがいる。こぶしをかまえる姿《すがた》を見た途端《とたん》、威圧《いあつ》感で足がすくんだ。

こはくがジャブを打つ。なんでもない左ジャブだ。ガードの上で衝撃《しょうげき》が弾《はじ》ける。耳のあたりがぞわっとする。何度も見てきた左ジャブ。目の前だと、こんなに速いんだ。まともに当たったら、どうなっちゃうんだろう。

恐怖《きょうふ》で身体がかたまる前に、無理やり左ジャブを返した。すぐに右手で払《はら》われる。パーリングだ。間髪入《かんはつい》れずに、右のボディブローが飛んできた。なんとかガードした。左腕《ひだりうで》がびりびりする。あわてて下がった途端《とたん》、来い来い、というように、こはくが顔の前で右の手首を返した。

ジャブ、ジャブ、ジャブ。わたしの攻撃《こうげき》は全部かわされた。まったく当たる気がしない。でも、狙《ねら》っていた。左ジャブから踏《ふ》みこんで右、かすかに崩《くず》れた体勢《たいせい》に、左フック。こはくにほめられてから、ずっとひそかに練習していたコンビネーションだ。息を吸《す》って、フェイントを混《ま》ぜて、頭を振《ふ》って飛びこんだ。

決まった――と思った瞬間《しゅんかん》、左からこぶしが飛んできた。

カウンターの右。衝撃《しょうげき》と同時に、くるっと身体が半回転した。ひざが笑った。天井《てんじょう》を見つめたまま、わたしはゆっくり背中《せなか》から倒《たお》れた。痛《いた》みはない。ただ、びっくりした。ぜんぜん反応《はんのう》できなかった。そうか、こはくのパンチは、こんなにすごいんだ。

「だいじょうぶっ？」

マウスピースを吐《は》きだして、こはくが心配そうに顔をのぞきこんできた。

「あんまりいいの来たから、ついっ」

目が合った。わたしは笑った。こはくも笑った。笑い声が重なって、ふたりで声を出して、大きな声でげらげら笑った。

「心愛《ここあ》、強くなったね」

腕《うで》を引かれて、わたしは立ちあがった。軽く首を動かしたけど、大丈夫《だいじょうぶ》。痛《いた》みも、気持ち悪さもない。胸《むね》のもやもやごと、どっかに吹《ふ》っとんだみたいだ。

「こはくのおかげだよ」

グローブとヘッドギアをはずして、つぶやいた。

「ありがとう」

「なにいってんの。わたしはなにもしてない」

こはくはふっと息をつき、ふと思いだしたように、また笑った。

「そうだ。心愛《ここあ》、わたし、二学期から学校復帰《ふっき》しようかと思ってさ」

「え？」

「シゲがさ、学校でボクシングの同好会作ったんだって。それで、わたしにコーチしてくれって。リングもないのにどうやって教えんだ、っていったんだけど、あいっ、すげー必死でさ。それに、よく考えたら、リングなんかなくても心愛《ここあ》のコーチできたよな、って」

瞬間《しゅんかん》、重森《しげもり》くんの笑顔《えがお》が浮《う》かんだ。

「それに、それにね」

こはくが澄《す》んだ目で、わたしを見た。

「わたし、楽しかったんだよ。心愛《ここあ》にボクシング教えるの。心愛《ここあ》、いつだって手を抜《ぬ》かないでしょ。どんどんうまくなってきて、わたしももっとがんばんなきゃって、いつも思ってた。だから、シゲたちに学校で教えんのも、まあ、悪くないかなって。心愛《ここあ》がいなかったら、たぶん、断《ことわ》ってた」

まずはのんびり、週休五日からはじめるかな、とこはくは笑った。

「ねえ、心愛《ここあ》」

「ん?」

「ボクシング、続けるんでしょ?」

わたしは、笑顔《えがお》でうなずいた。

そのとき、ふと、人の気配を感じた。

振《ふ》りむいて、目を疑《うたが》った。

なんで？

入口に、お母さんが立っていた。どこか思いつめた目で、ギプスを鼻につけた青白い顔のまま、リングに近づいてくる。

こはくが横で身体を硬《かた》くするのがわかった。心臓《しんぞう》が飛びだしそうなほど強く打ちはじめる。なぜここに来たのか、なにをするつもりなのか、さっぱりわからなかった。

お母さんはこはくの前まで来て、足を止めた。わたしは全神経《ぜんしんけい》を集中してお母さんを見つめた。

「このあいだは、ひどいことといってごめんなさい」

か細い声だった。

「心愛《ここあ》がお世話になりました」

お母さんはゆっくりと、深く一礼した。

「ボクシング、この子に、これからもアドバイスをお願いします」

ウソでしょ、と思った。遅《おく》れて、胸《むね》の奥《おく》が明るくなる。

目が合った瞬間《しゅんかん》、お母さんはぎこちなく笑って目を伏《ふ》せた。

「先、帰るね」

見たこともないくらいさびしそうな背中《せなか》だった。

わたしはあわててリングを降《お》りた。

奥歯《おくば》をかむ。力を入れて、強く。

痛《いた》みはもう、どこにもなかった。

あとを追って、横に並《なら》んだ瞬間《しゅんかん》、

「おばさーんっ」

うしろで声がした。

「おばさん、男と戦ったって?」

どきっとした。

「ほっそい腕《うで》で、ほっそい身体で、吹《ふ》っとばされて、鼻まで折られて」

おかあさんの横顔がゆがんだ。苦しそうに、くやしそうに、ぎゅっと唇《くちびる》をかむ。わたしはお母さんの手をとった。

次の瞬間《しゅんかん》、大きな風船が破裂《はれつ》したような、元気で明るい声が響《ひび》いた。

「かっけーーーーーっ」

わたしたちは同時にうしろを向いた。息をのんだ。夏の光をいっぱいに受けたこはくが、白く、きらきらと輝《かがや》いて、リングの上で笑っていた。

――本当にすごいボクサーはね……。

いつか聞いた言葉が、耳の奥《おく》でよみがえる。

――リングの上できらきら光って、見てる人を元気にできるんだよ。

わたしもいつか、そんなふうに……。


こはく。

ねえ、こはく。

わたしは、笑顔《えがお》で手を振《ふ》った。

もう、なってるよ。

〈著者略歴〉
蒼沼洋人（あおぬま・ようと）
1980年、北海道稚内市生まれ。早稲田大学第一文学部卒業。2008年、第6回北日本児童文学賞で優秀賞を受賞。14年、『さくらいろの季節』（ポプラ社）で第4回ポプラズッコケ文学新人賞大賞を受賞、同作でデビュー。22年、『波あとが白く輝いている』（講談社）で第63回講談社児童文学新人賞佳作入選。

イラスト ● 中島花野
デザイン ● 野条友史（buku）
組版 ● 株式会社 RUHIA

カラフルノベル

光の粒《つぶ》が舞《ま》いあがる

2024年7月8日　第1版第1刷発行

著　者　蒼　沼　洋　人
発行者　永　田　貴　之
発行所　株式会社ＰＨＰ研究所
東京本部 〒135-8137 江東区豊洲5-6-52
児童書出版部 ☎03-3520-9635（編集）
普及部 ☎03-3520-9630（販売）
京都本部 〒601-8411 京都市南区西九条北ノ内町11
PHP INTERFACE https://www.php.co.jp/
印刷所　株式会社精興社
製本所　株式会社大進堂

ISBN978-4-569-88174-4

NDC913　239P　20cm